JN105514

マジカルマン

THE MAGICAL MAN

津田幸子
TSUDA Yukiko

文芸社

おもな登場人物

水城初音（みずきはつね）　東亜商事営業部
畑中みどり（はたなか）　東亜商事営業部
土井敏信（どいとしのぶ）　東亜商事営業部
松永響（まつながひびき）　東亜商事営業部課長
河名隆（かわなたかし）　東亜商事営業部課長
境茂（さかいしげる）　東亜商事人事部長
中村敦（なかむらあつし）　東亜商事経理部長
掛川流奈（かけがわるな）　東亜商事コールセンター長
殿岡正（とのおかただし）　東亜商事営業部長
殿岡明輝（とのおかあき）　殿岡正の娘
殿岡霜子（とのおかそうこ）　殿岡正の亡くなった妻

素元　圭（すもと　けい）　東亜商事社長秘書

長嶋聡子（ながしまさとこ）　東亜商事社長

鈴木心愛（すずきここあ）　東亜商事経理部

日下紗枝（くさかさえ）　東亜商事経理部

坂庭久美子（さかにわくみこ）　東亜商事経理部

菅田　偉（すがた　すぐる）　神羽大学附属病院

田淵諒太（たぶちりょうた）　東亜商事営業部主任待遇
　　またの名を、マジカルマン

プロローグ

「たいへんたいへん！　きいてきいて！」

東亜商事営業部の水城（みずき）初音（はつね）が、休憩ルームに慌てた様子で飛び込んできた。

「まーた、たいへんたいへんって。初音のたいへんは、いっつも大したことないんだから」

休憩ルームで休憩中の同じく営業部の畑中（はたなか）みどりが、呆れたように言った。

「なーによ、それ！　私のたいへんは、いっつもたいへんよ！」

初音が怒った声で言った。

「まあまあ、たまに本当にたいへんな時もあるのは認めるから……まあ、言ってみてよ。何がたいへんなの？」

同じく休憩ルームにいた営業部の土井敏信が初音をなだめながら次の言葉を促した。

それでここまで来た用事を思い出した初音がいきなり爆弾発言をした。

「殿岡部長がクビだって！　なんだか会社のお金を横領したとかで……」

初音がそこまで言うと、みどりが叫んだ。

「嘘よ！　殿岡部長がそんなことするわけない！」

「そ、そうだ、そんなこと信じないぞ！」

敏信も負けじと叫ぶ。

「殿岡営業部部長が……あんなに優しくて部下思いの人が……俺らのことをかばってくれてまじめで誠実な人が……そんなことするわけない！」

みどりと敏信に迫られてたじたじとなった初音だが、それでも言い返した。

「だ、だってそうだって聞いたもん。あと松永課長も手を貸したとかでコールセンターに異動になるって」

「ありえない！　松永課長は私たちの憧れのバリバリのキャリアウーマンじゃない！　正義感が強すぎて時々はらはらするけど、犯罪なんてするわけない！」

みどりが悲鳴のように叫んだ。

「えええっ、そ、そんな、信じられない……何を信じればいいんだ……」

その隣で敏信も頭を抱えている。

「そうだよね……私も最初は信じられなかったけど、もう、全社のＷｃｂ掲示板に異動情報が掲載されるらしいし……」

初音もさっきまでの勢いを失って、意気消沈している。

「そんな……これから営業部はどうなるんだ……松永課長の活躍で売上がもっているようなものだし。殿岡部長の新規開拓の手腕は誰も真似できないよ……」

敏信が力なく言い、「そうだよね……」とみどりもうなずく。

三人は下を向いて黙り込んだ。

1

初音がとびきりのバッドニュースを知る少し前。

東亜商事の第一会議室では松永響課長が、人事部長の境茂と経理部長の中村敦の二人に食ってかかっていた。

「殿岡部長が横領だなんてありえません！　絶対に何かの間違いです！」

憤る響を小馬鹿にしたように中村が言った。

「間違いではないよ、君。僕の調査が間違っているとでも？　確かに殿岡君の承認で不正経理がみつかっているんだよ」

「そ、それは……」

言い淀んだ響に境が静かに尋ねた。

「最近殿岡部長……元部長に書類作成を依頼されなかったか？」

「そ、それは……頼まれました」

堺の質問に響がたじろぐ。

「帳簿のような書類か？」

中村が気色ばんで訊く。

「それは……そうです。売上の数字かと思っていました。いえ、そうです、売上の数字です」

響が必死に言い返す。

「ほら、それだ！　それが証拠だ！　君も不正に加担しているんだよ！」

中村が勝ち誇ったように言い募る。

「君は売上の数字だと信じていた。殿岡……元部長を信じていたということだな」

境が苦虫を噛み潰したような表情で吐き捨てた。

「は、はい、それは殿岡部長を信じていました。いえ、今も信じています！　何か重要な書類だとはわかっていました。でも不正なんて、あの殿岡部長が！」

「もう、いい、不愉快、たいへん不愉快だ！」

境が顔を真っ赤にして叫んだ。

「君は知らなかったとはいえ、殿岡に協力したのだから、今のままのポジションでいてもらうわけにはいかない。明日付でコールセンター長補佐となってもらう。この話は以上だ！」

言い終えると境は勢いよく立ち上がり会議室を出ていった。

「殿岡を信じたのが間違いだったな、松永課長。まあ、これからの健闘を祈るよ」

バカにしたように言うと、中村も部屋を出ていった。

「そんな……殿岡部長……」

響はしばらく立ち上がれないままでいたが、気を取り直して営業部の自席に戻るとスマホを取り出した。赤いケースに入った派手なスマホである。

（殿岡部長が君らしいと言ってくれたっけ、このスマホケース……）

スマホケースを見つめて殿岡との思い出に浸る響だったが、そんな場合じゃないと思い直し、登録してある電話番号をタップする。

（出てください、殿岡部長）

祈るように待ったが、《おかけになった電話番号は現在使われておりません》という無機質な音声が流れるだけだった。

（そんな……）

響は急いでメールしたが不達通知が届くだけであった。

（そんな……）

繰り返し呟くと、響は呆然とへたりこんだ。

そんな響を横目で見ながら、営業部の面々は黙って仕事を続けた。

そして刻々と時間は過ぎ、午後五時となった。

すると営業部のもう一人の課長の河名隆（かわなたかし）が立ち上がり、唐突に話し出した。

「諸君、聴いてくれ。殿岡部長は今日付で解雇となった。松永君は明日付でコールセンター長補佐に就任される。明日から営業部部長は私、河名が拝命する。なお、明日付で一名営業部員を補充する。以上だ」

淡々とそれだけ言うと自席に戻るが早いが自席の荷物を部長席に移し始めた。

それを見た部員たちは絶望のため息をついた。

「氷男（こおりおとこ）が……河名が部長だなんてありえない……」

初音が呟いた。

冷徹で血も涙もない河名は、部下たちから陰で「氷男」とあだ名されている。

（松永課長にも挨拶させろよ、氷男！）

みどりが頭の中でののしった。

（終わった……僕のミスをカバーしてくれていた二人ともいなくなるなんて……）

敏信がキーボードに顔をうずめた。

しばらくすると響も意を決したように机の荷物をまとめ始めた。

その様子を見た初音は資材部にとんでいって段ボールを持ってきた。

「あ、あの、これ使ってください」

息をはずませながら段ボールを差し出す。

「ああ、ありがとう、初音ちゃん。悪いわね、気を使ってもらっちゃって」

響はなんとか声を絞り出すと無理やり笑った。

「そ、そんな、私なんて何もできなくて……」

初音は涙目で呟いた。

響は自分の荷物を段ボールに詰めると深呼吸して、ひとこと「お世話になりました！」と叫ぶと深々とおじぎをして、段ボールを抱えて部屋を出ていった。

「ありがとうございました」

「お疲れさまでした」

「あ、ありがとうございました」

初音とみどりと敏信は口々にそれぞれの思いを叫んだ。

みどりは部屋を出ていく響を走って追いかけて前にまわりこむと叫んだ。

「飲み！　飲みいきましょう、響さん！　飲んで……」

そこまで言うとみどりは言葉に詰まり、嗚咽を漏らさないように手の甲で口を押さえた。

「みどりちゃん、ありがとう。でも今日はそんな気分じゃないの。ごめんね」

力なく笑うと響は、地下にあるコールセンターに向かった。

その背中を、みどりは力なく見送った。

（よりによって地下地獄部屋のコールセンターへ異動だなんて……思いっきり左遷じゃん……しかも明日から氷男を相手に私たちだけで対処なんてできませんよ、響さん……）

みどりはこらえきれず涙を流した。

が、その横を河名が涼しい顔で通り過ぎたので、怒りで涙が引っ込んだ。

「くっそー！　今日は飲み行くよ！　飲み！」

部屋に戻るが早いが、みどりは初音と敏信に言った。

「もちろん！」

初音が勢いよく応えた。

「僕もいきますよ！　当然！」

敏信もやけっぱちになって怒鳴ると、三人は仕事もそこそこに部屋を出た。

2

翌日。

「あー、あたまいたー」

初音がこめかみをおさえつつ言った。

「あのくらいのお酒で情けないわねー」

みどりがケロッとして言う。

「みどりさん〝うわばみ〟だからな……」

これもつらそうな敏信が言った。

「〝うわばみ〟とは何よ、〝うわばみ〟とは！　うら若い乙女に失礼な！」

敏信の不用意な発言に、みどりが本気で怒る。

「うら若い？　おいくつでしたっけ？　アラサー……」

敏信がそこまで言うと、みどりがバシッと敏信の頭をはたいた。

「いって――っ。頭ガンガンしてんすからはたかないでくださいよー」

敏信が情けない悲鳴を上げる。

「ふん、情けないわね！　だいたい……」

みどりが言いかけた時、初音が警告を発した。

「しっ！　氷男が来た！」

一気に静まる面々。

そこへ河名が一人の男性を従えて部屋に入ってきた。

「本日から営業部員となる田淵諒太君だ。以上」

河名はそのまま部長席へ直行した。

残された男――諒太は、ニコニコ笑いながら話し始めた。

「やあやあ、みなさんはじめましてー。本日からここ東亜商事にお世話になります田淵諒太と申しますー。きれいな女性と頼もしい男性社員ばかりの職場と伺いました。前職も営業でしたので、みなさんのお役に少しでもたてるよう誠心誠意粉骨砕身邁進してまいりますのでよろしくお願いいたします！」

「か……かるい……」

みどりがこっそり呟いた。

「なんか大丈夫か？」

敏信は不安げな顔をしている。

それを見た初音は首をかしげた。

案の定、諒太の挨拶を聞きつけた河名が血相をかえてとんできた。

「君、なんだね、その態度は！　もっと謙虚にできないのか！」

言い募る河名の耳に敏信の大きめのひとりごと――挨拶は普通じゃないか――が入った。河名が今度は敏信に向き直った。

「なんだ、君は！　私の方針に何か文句があるのか！　だいたい一日中部屋にいて、なんだね、君は！　それでも営業部員か！　営業は足だという基本を知らんのか！　他の男性部員はみな足で営業に出ているじゃないか！」

河名は敏信を容赦なく怒鳴りつけた。

「あ、それは……僕が足の営業で体調を崩したので、会社からリモート営業でいいと許可をもらいました。あとはパソコンの設定やなんかも僕の仕事で……」

おずおずと敏信が弁明すると、河名は更に激高した。

「なんだと！　前の部長が何を言ったか知らんが、現在の部長は私だ！　君の指図など受けん！」

「す、すみません……」

怒鳴り散らす河名を前に、敏信は謝るしかなかった。

（ああ、もう、僕をかばってくれる二人はいないんだな……）

敏信が涙をこらえながら背中を丸めてうつむいていると、誰かの声が割って入った。

「ああ、君、パソコンわかるんだ。ありがたい。僕のパソコンセットアップしてくれる？」

――諒太だった。

のんびりした口調だったが、目はギラッとしていた。

「な、なんなんだ、君」

河名が少したじたじとなると、諒太は言った。

「今時パソコンがないと仕事になりませんよ。まさか僕のパソコンを手配していないなんてことはないですよね？」

相変わらずギラッとした目で河名に言い放った。

「そ、それは……部下の仕事だ。君、やっておきなさい」

河名はパソコンの手配を敏信に丸投げすると、部長席に戻った。

「やあ、君、僕のパソコン準備してくれるの？　ありがとう！　君、名前は？」

諒太がニコニコしながら敏信に名前を訊いた。

「ど、土井敏信です。あの、ありがとうございました。よろしくお願いします」

「こちらこそよろしくだよー。男の名前はすぐ忘れるけど、パソコン、頼むねー」

諒太はそう言うと、辺りをキョロキョロ見回した。

「あ、僕の席ここかな？」

諒太は響が昨日まで使っていた席に近づいた。

「そ、そこは松永課長の……」

言いかけたみどりが途中で口ごもった。

諒太が振り向いてギラッとした目で見た気がしたからだ。

しかし諒太はすぐにニカッと笑って、「いいの、いいの、僕、一応主任待遇だから。社長の指示で」と「社長」に力を込めて言うと、ちらっと河名を見た。

河名は苦い薬を無理やり飲まされたような顔をしていた。

そのまま行きかけた諒太だったが、みどりに向き直って訊いた。

「ところで君はなんて名前なのかな?」

「あ、畑中みどり、です」

見られたように感じたのは勘違いだったかなと思いつつ返事をすると、気の抜けたような声で諒太が言った。

「みどりちゃんかあー。かわいい名前だねえー。好きな色はみどりだったりする?」

その瞬間、みどりはずっこけた。

(やっぱりかっるい。マジでカルい。顔も青白くてヒョロヒョロしているし、マジカルマン決定)と心の中で呟くと、「いーえ、私の好きな色は黄色です。金運

UPするので！」と冷たく答えた。

諒太が全然気にしない様子で、へらへらと笑いながら「そっかーお金の管理しっかりしているんだねえ。しっかりものだね！」と話を続けると敏信が遮った。

「あの、資材部に連絡したところ在庫があるそうなので、パソコンを取りに行きますか？」

「ああ、そうなんだ、良かった。パソコンのセッティングよろしく頼むねー」と言うと、諒太と敏信は資材部に向かった。

二人を見送りながら、みどりが初音に耳打ちした。

「なにあいつ、すっごく軽いじゃん。青白くてヒョロヒョロして吹けば飛ぶようだし、マジでカルいからマジカルマン決定ね！」

「えー、ちょっとひどくない？　あの人、敏信のこと助けてたじゃん？」

初音が弁護すると、みどりが呆れたように言った。

「え、何も考えてないだけじゃん？　それに社長の指示とか言ってたし、コネでしょ？　ぜったいマジカルマンだって！」

「でも、いい人っぽいよ？　それに手足長いし、優しそうだよ」

初音はみどりの諒太への酷評に納得しかねていた。

3

その頃、地下では響が立ち往生していた。

コールセンターの扉の暗証番号がわからなかったからだ。

「何しているの？」

その時、後ろから声をかけられた。

響が振り向くとコールセンター長の掛川流奈（かけがわるな）が立っていた。流奈は響の同期で、コールセンターでは久々の再会である。

「ああ、流奈、暗証番号がわからなくて……」

響が言いかけると、流奈がつっけんどんに言った。

「掛川センター長」

「え？」

響が呆気にとられていると、流奈が不機嫌そうに言った。

「同期だからって馴れ馴れしくしないで。私はコールセンター長、あなたはコールセンター長補佐。会社なんだから身分をわきまえて！」

「あ、ああ、す、すみません、掛川センター長」

響がなんとか気を取り直して言うと、流奈が暗証番号を押して中に入った。

続いて入ろうとする響を振り返り、ひとこと「暗証番号はメールするから」と言うと、流奈は扉をガチャリと閉めた。

閉まった扉の前で、響はただただ呆然としていたが、しばらくしてシャリーンというメール着信の通知が来たので、慌ててスマホを取り出した。

件名は「暗証番号」とあり、本文には四桁の数字が書いてある。

それを押すと無事に扉が開き、びっくりしたような顔で流奈が響を見つめた。

「ああ、スマホでも社内メールを見られるように設定してあるから……」

「あ、そう……まあ、それは禁止されてるわけじゃないし、いいんじゃないの」

流奈が不機嫌そうな顔で言った。

「里穂（りほ）、席に案内して」

流奈が近くに座っていた女性に言った。

しかし誰も動かない。

響がとまどっていると、流奈が「コール受けていると声が聞こえないのよ。今メールするから」と言って、その場を去った。

しばらく待つと、里穂と呼ばれた女性がヘッドホンを外して響に近づいてきた。

響が「あ、里穂さん？　私、松永響と言います。よろしく」と言うと、里穂は無表情に「はい」とだけ答えて「こちらです」と席に案内された。

そこには一時代前のごついデスクと半分壊れかけの椅子があった。

「えっ⁉」

呆然と立ちすくむ響の目を見ないようにして里穂は自分の席へ戻った。

響はしばらく呆然としていたが覚悟を決めて案内された席へと進んだ。

そっと椅子に腰をおろす。

（まあ、なんとか座れないこともない……）

響はその日はそこに座って一日を過ごすこととなった。

4

そしてその日の就業時間後。

「松永さん、ちょっといい？」

流奈が響に声をかけた。

「はい……なんでしょうか」

「ちょっと外に出ましょう」

二人は地下室から外へ出て少々広くなっている自動販売機の前の席に座った。

「きょう一日どうだった？」

流奈が響に訊いた。

「けっこう静かでしたね。コールセンターって、もっと騒がしいところかと思っていました」

今朝の流奈とのやりとりもあり、響は様子を窺うように冷静に答えた。

「そういうことじゃなく！　会社が辞めさせたがっているって思わないの⁉」

流奈がイライラしたように大声をあげた。

「ああ、そうなんだなとは思った……思いました」

響は冷静さを崩さずに言った。

その時、シャリーンとスマホの鳴る音がした。

「ああ、私です。ちょっと失礼します」

響は真っ赤なケースのスマホを取り出すとメールを確認した。

件　名：飲み！　行きますよ！

本　文：いつもの居酒屋で！　何時になっても待ってます！

みどりからだった。

「今日は行くか……」

そう呟いた響が、ケースを閉じてスマホをカバンに入れるのを流奈はじっと見ていた。

「で、どうするの？」

流奈も冷静になって訊いた。

「まだわからない……わかりません。ちょっと理解が追いつかない……です」

響はくじけそうになりつつ答えた。

「そう……まだ一日目だしね」

そういうと流奈はエレベーターに乗って去っていった。

響の方は階段を使って地下から一階へと上がった。

「今日は飲むか！」

響は両手で頬をたたいて気合を入れると、みどりが指定する居酒屋に向かった。

＊

響と別れた後、流奈はスマホで誰かと通話中だった。

「もしもし、掛川です。はい、おっしゃる通りの境遇にしました。まだ辞意は表明しませんが、たぶん時間の問題かと。それと例の問題ですが、辞められた後では探りにくいかと……はい、はい……」

流奈のスマホケースも真っ赤で、響のスマホケースと瓜二つだった。

＊

その頃、居酒屋には初音とみどりと敏信と、なぜか諒太がいた。

「かんぱーい！　……って、なぜあんたがいるのよ？」

早くも〝みどり節〟全開のみどりが諒太に訊いた。

「いやー、僕の歓迎会開いてもらってありがたいなあー。僕ちゃんかんげきー」

へらへらと諒太が笑う。

「いや、勝手についてきて、何言ってんの……」

文句を言おうとするみどりを初音が遮った。

「いいじゃない、歓迎会くらい開かないとかわいそうじゃない」

「そうだよ、氷男みたいに冷たいこと言うなよ」

敏信も初音に加勢した。

「う……わ、わかったわよー」

みどりも二対一では分が悪いと思い、これ以上諒太を責めるのはやめた。

「わかったわよー。それじゃあ改めて田淵諒太さんの入社を祝ってかんぱーい」

みどりはやけくそで再度乾杯の音頭をとった。

すると残りの三人も「かんぱーい」と生ビールのジョッキをカチンと合わせた。

「田淵さん、改めて自己紹介してくださいよう」

初音が早くもビールで赤くなった顔で言った。

「あーありがとうー。あなたはお名前なんでしたっけ？」

諒太がニコニコしながら訊いた。

「私、『みずきはつね』って言います。『みず』はお水の水で、『き』はお城の城、『はつね』は初めての音って書きます。初音ミクの初音でぇーす」

初音もニコニコしながら答えた。

（あっれ？　初音ってば……もしかして？？？）

みどりはアヤシイ、と眉をひそめた。

「僕の名前は知ってますよね」と敏信が言ったが、

「いや男の名前は覚えない」諒太が受け流す。

「そ、そんな、僕、ぼくの名前も覚えてください……」と言いかけた敏信を遮って、諒太が話し始めた。

「男はいいよ。僕の名前は『たぶちりょうた』でーす。『た』は田んぼの田、『ぶち』は深く水をたたえるところの淵、『りょうた』の『りょう』はまことって意味で、漢字はごんべんに京都の京で、『た』は太いの太でーす。特技はトークとコレです」

そういうと諒太は何も持っていない両の手のひらを三人の前に突き出した。

「?.?.?.」

三人が訳が分からないという顔をしていると、諒太が何やら手を動かす。

するとそこには、一本の赤いバラが握られていた。

「わーっ、すごーい」と初音がキャッキャとさわぎ、

「おお、すごい」と敏信も感心し、

「ま、まあ、特技と言えるわね」とみどりもしぶしぶ認めた。

「それでは次、いきまーす！」

諒太がまた、なにやら手を動かした次の瞬間。

「え？」

なぜか諒太の手のバラが初音の手に移っていた。

初音もみどりも敏信も呆然と、その様子を見つめていた。

「このバラはお美しい人のところに勝手に移動するんですよー」

諒太はニコニコしながら言った。

「え、そ、そんな、美しいだなんて……」

初音は真っ赤になって照れている。

みどりはそんな初音と諒太を交互ににらみつけた。

すると初音が言った。

「諒太さん、マジックお得意なんですね！　マジカルマンですね！」

（いや、そこ、ちがう、マジでカルイ男でマジカルマンだから！）

みどりが心の中でツッコミを入れると、諒太本人がこう答えた。

「はーい、僕、マジでカルイ男でマジカルマン！　なーんてね！」

（おお、自覚あるんだ）

みどりがちょっと感心すると今度は敏信が叫んだ。

「いい加減、僕の名前も訊いてくださーい」

「いや、男の名前を訊いても別に……」

怒った敏信が「ひどいーいぃ、逆性差別だ！」と騒ぎ出したので、諒太が渋々
「わかった、君の名は？」と訊いたその時――。

「みんなー、お待たせー……ってあれ？　この人誰？」

響が到着するなり、諒太を見て訊いた。

「響さん！」

初音とみどりと敏信の三人が一斉に叫んだ。

「響さん、これはまた美しいお名前で」

諒太がへらへらしながら言ったが、目は笑っていなかった。

「それはどうも。で、どちら様？」

つかみどころのない諒太を少し警戒気味に響が訊いた。

「あ、この人田淵諒太さんっていって、営業部に今日来た主任さんでーす。『た』は田んぼの田、『ぶち』は深く水をたたえるところの淵、諒太の『りょう』はまことって意味で漢字はごんべんに京都の京で『た』は太いの太でーす。特技はマジックで、あだ名はマジカルマンでーす」となぜか嬉しそうに初音が答えた。

「ああ、そうなんだ。スマホからWeb掲示板見たわ。あなたが新主任の田淵諒太さんなのね。今日は歓迎会も兼ねてるワケね。私は前任課長の松永響。『まつ』は松竹梅の松で、『なが』は永遠の永、『ひびき』は音の響き。それにしてもとんでもないところに就職しちゃったと思ってるでしょ。ごめんなさいね」と響が謝罪した。

しかし諒太はまるで気にせず、「いやー、僕はもっとひどいブラック企業に、一日二十四時間もいたことあるんで、そんなに大変じゃないですよー」と言ってヘラヘラ笑っている。

「そうなんです、この人、氷男……河名の話ぶった切って、僕のこと助けてくれました」敏信がきらきらした目で言った。

「まあ、そうなの。やるわねー。なら、もう私がいなくても大丈夫かな？」

響が冗談めかして言うと、初音とみどりと敏信が抗議の声を上げた。

「ナニ言ってるんですかあ！」

「イヤですよ！」

「そうです、戻ってきてください！」

「ありがとう！　そう言ってくれるのは君たちだけだ！　今日は飲むぞー！」

響は気炎を上げるとビールを注文した。

そこに諒太が禁断の質問をぶつけた。

「それで、響さんはどうして異動されたんですか？　ご栄転ですか？」

諒太がへらへらと、しかし目は笑わずに訊いた。

「……」

全員が黙り込んだが、しばらくして初音が口を開いた。

「響さん、どうしてですか？　教えてください！」

「響さん、私も知りたいです」みどりが続く。

「僕も知りたいです。何か僕たちにできることはないですか？」

敏信も真剣な顔をしている。

響が静かにビールのジョッキをテーブルに置いた。

「それが私にもよくわからないのだけど……」

響がぽつりぽつりと話し始めた。

「あれは一か月くらい前のことだったと思うわ。殿岡部長に会議室に呼ばれたのよ。

単なる打合せだと思って、普通に会議室に行ったら、なんだか深刻そうな顔をしていたのよ。

『あら、ずいぶん渋い顔をされていますね。お昼ご飯食べ過ぎですか？』っていつものノリで訊いたら、ちっとも笑わずに『いや違う』って。

そのあとも、なかなか話を切り出さないから、私から質問したの。

『どうされましたか？　何か深刻なトラブルでも？』って。

『うむ』

殿岡部長はちょっとうなるような声を出して、私はびっくりしたわ。

いつも穏やかで、そんなところ見たことなかったから。

『これは君に頼んでいいものか迷ったが……』って、ようやく話を切り出してくれたの。

『ある帳簿のファイルがあるのだが、コピーの失敗で表位置がずれてしまっているんだよ。これを直してほしいんだが、頼めるかな?』

殿岡部長は見たこともないほど真剣な顔で私をじっと見つめてきたわ。

私は何かジョークでも言って重苦しい雰囲気を吹き飛ばそうかと思ったけど、殿岡部長の真剣な表情を見ると、とても言い出せなくって……。

『わかりました。それではそのファイルをメールで送っていただけますか?』って私は返事をしたわ。よくわからない仕事だったけど、殿岡部長に真剣に頼まれたら断れないもの。

『すまないが頼む。ファイルは私のチェックが終わったらすぐ君に送信する。作業はできればリモートでおこなってほしい。申し訳ないが頼む』

殿岡部長は私に深々と頭を下げたわ。

『殿岡部長、そんなことしないでください。部下が上司から仕事を依頼されるのは当然のことです。そんなに頭を下げられたら困ります』って言ったけど、殿岡部長はしばらく頭を下げたままだったわ。

そのあと会議室を出て部室に戻るまで、殿岡部長は無言だったの。

でも次の日会ったら、『昨日はちょっと飲み過ぎて二日酔いで調子が出なくて悪かったなあー』なんて言っていていつもの殿岡部長だった。

それから一週間くらい何事もなくて、あの会議室の会話は私の二日酔いの夢かと思うほどだったわ。

でも一週間を過ぎたころにファイルが送られてきたから開いてみたら、確かにエクセルのセルが一個ずつずれているのよ。作業自体は単純だけど、けっこう量が多いし、全部修復するのに二週間くらいかかったわ。そのあと修正したファイルを殿岡部長に送って、元のファイルは削除したわ。それが一週間前くらい。そのあとも別に殿岡部長に変わった様子もなくて、あのファイルも売上ファイルだと思っていた。たしかに売上ファイルならそんなにマル秘なのかなと思ったけど、何か極秘プロジェクトかもって納得していた。

　そのあといきなり青天の霹靂で殿岡部長の退職、いえ解雇と私の異動を知らされたっていうわけよ――」


　響が話し終えると初音とみどりと敏信の三人は考え込んだ。

　しかし、諒太の目はぎらぎらと言っていいほど異様に輝いていた。

「で、そのファイルはどうしたか知りませんか？」

　諒太が声を抑えて訊く。

「え、知らないわ。私の手元にファイルは残っていないし……」

「そうですか、それで殿岡部長がどうされたかご存じですか？」

　重ねて諒太が訊くと、響は深いため息とともに呟いた。

「それが殿岡部長に電話しても不通だし、メールも不達になるし、どうしていいかわからないわ……」

すると諒太が決然と言った。

「殿岡部長を探しましょう！」

「え？　でもどうやって？」

びっくりした響が訊き返した。

「そうですよ、電話もメールもつながらないのに。殿岡部長はＳＮＳとかＬＩＮＥとかしないし」

みどりも諒太の提案に疑問を呈した。

「とりあえず殿岡部長の家に行ってみませんか？　ご存じないですか？」という諒太の提案に、響がためらいがちに答える。「それは……私は何度か殿岡部長の家に行ったことはあるけれど……」

「では、今すぐ行きましょう！」

勢いよく立ち上がる諒太に、びっくりした初音が訊いた。

「田淵さん、なんでそんなノリノリなんですか？」

「こういう謎ってスリル満点じゃないですか！　血湧き肉躍るっていうか！」

へらへらしながらも興奮を抑えきれないという様子である。

「あきれた……」

やっぱりマジカルマンだわ……みどりは心の中で呟いた。

「私たちも行きます、ね！」初音がみどりに声をかけた。

「そうね、行かなくちゃ！」みどりも賛同した。

「僕も行きます！　殿岡部長が何か困っているなら助けたいです！　お世話になった恩返しをしたいです！」敏信もやる気まんまんである。

「よし、行こう！」

諒太が伝票を持って立ち上がった。

「あ、それ……」

みどりが言う間もなく、諒太がさっさと会計を済ませた。

「マジカルマン……かっこいい……」

初音が呟いた。

それを耳ざとく聞きつけたみどりは、ちょっと引いた。

「初音……あんた……」

でも、趣味悪いという言葉は寸前で飲み込んだ。

「行きますよー」

諒太が店の出口付近で呼んでいる。いつの間にか響も諒太の隣にいて、手招きしている。

「はーい」

初音は元気よく返事して諒太の元へ走っていく。

「遊びじゃないっつーの！」

みどりも憤慨しながら後を追う。

「おいてかないでくださーい」

上着を着るのに手間取っていた敏信がもたもたと、それでも急ぐ。

一同は店の外に出ると駅に向かって歩き始めた。

駅に着くと響が「この駅から上り方面二駅よ」と言ってホームに急ぐ。

ちょうど到着した電車に乗って二駅で降りる。

「ここからは歩いて十分くらいよ」

響の先導で一同はぞろぞろと進んだ。辺りは閑静な住宅街だ。

「ここの三階よ」

とあるマンションの前で響が言った。

当然セキュリティがかかっていて中には入れないが、インターホンがあるのを目ざとく見つけた諒太が早速それを押す。

「すみませーん。まことに申し訳ありませーん」

何度も押していると、スピーカーから面倒くさそうな返答があった。

《なんだね、何度も、こんな時間に非常識だろう》

出たのは管理人だろうか。声の主はイヤそうに言った。

「それがここの三階に住んでいる殿岡さんの部下の者なのですが、会社の重要書類が行方不明になっていまして、殿岡さんが所持している可能性が高いので、殿岡さんに会わせていただけないでしょうか」

諒太がそう言うと、声の主が怒ったように言い返す。

《殿岡さんなら退去したよ、急にだ！》

「えっ⁉」

響が声を上げる。考えてみれば電話もメールも不通なのに、どうしてまだマンションにいると思ったのか……自分が少し可笑しくなって呟く。

「それは、そうですよね……」

しかし諒太はめげない。

「そうなんですよ、急にいなくなられて困りますよね。私たち部下も困っておりまして……重要書類が残っていないか部屋を見せていただけませんか？　殿岡さんがいらっしゃらなくなって、今、空き部屋ですよね？　それならちょっと見せていただくことは可能じゃありませんか？　もちろんお礼は致します！」

諒太が畳みかけると声の主は反応した。

《お、お礼？　いやいや、まあ、空き部屋を見学したいということであれば、少々は……》

ようやく声の主——管理人が現れてマンションのセキュリティを解除した。

諒太は平身低頭——人間の頭がこれほど下げられるのかという角度でお辞儀をして、「ありがとうございます、ありがとうございます！　会社が存続の危機で……助かります！」と何度も管理人に頭を下げた。

「いやいや、で……お礼は……」

諒太があらかじめ用意していたと思われる封筒をさっと管理人に渡した。

管理人はちらっと中身を見るとポケットにしまい、三階まで案内してくれた。

管理人は部屋の鍵をあけると、「まだ今月いっぱいは電気も通っているから、明かりを点けてもいいですよ」と愛想よく笑った。

「ありがとうございます」

諒太はまたありえない角度でお辞儀をし、靴を脱ぐと部屋にあがった。

後ろを歩く一同は諒太について部屋に入った。

「す、すてき……」

諒太の思いもよらない行動力に初音が呟く。

「マジカルマン、意外とやるねえ……」

みどりも諒太を少し見直したようである。

「営業部即主任だけあるなあ……」

敏信も感心することしきりだ。

響だけはそんなことには関心なく、諒太に続いて部屋の中に入った。

諒太はすでに慎重に部屋をくまなく見て回っている。

響も何か手掛かりはないかと部屋を見渡している。

残りの三人も遅れて中に入り、しばらく全員で見て回った……と言ってもほとんど荷物もない部屋はがらんとして、カレンダーやポスターが張ってある程度だ。

「これ、韓流アイドルじゃない？　まさか部長にそんな趣味が？」

みどりが疑問を口にすると、「それは部長の娘さんの明輝ちゃんのだと思うわ」と響が答えた。

「えっ？　部長、娘さんいたんだ」

殿岡の家族関係については初耳の初音が驚いた。

「部長、あんまりご家族の話をしなかったからね。それにしても響さん、部長のことに詳しいですね」

みどりが言うと、響が言葉少なに答えた。

「私が入社した時から知っているからね。私の教育担当だったのよ」

「へえ、そうなんだ。今日は知らないこといっぱい知れたわ――」

初音がのんきに言うと、「そんな場合じゃないでしょ」とみどりが突っ込む。

その時、部屋を慎重に見ていた諒太が口を開いた。

「やっぱり重要書類はないようです。でも部屋を見せていただいてありがたかったです。本当にどうもありがとうございました」

また深々とお辞儀をする諒太に、管理人が同情するように言った。

「まあ、あんたたちも大変だねえ。責任感のない上司を持つと部下も苦労するから……」

「え！」と響が言い、残りの三人も口々に何か言おうとしたが、諒太は「それではありがとうございました」と言うと四人を急き立てて部屋を出た。

殿岡部長は責任感のない上司なんかじゃない。響もみどりも初音も敏信も、たぶん同じ気持ちだろう。でも、部外者の管理人には責任感のない上司と見えてしまうのだと思うと、響は悲しくなった。

「結局手掛かりはありませんでしたねえ。残念でした」

諒太が神妙な顔つきで言った。

「やっぱりあんまり頼りにならないか」とみどりが呟くと「でも、がんばったじゃない！」と初音がむきになって言い返した。

「そうですよ、行動力あります」敏信も言い添える。

「あー、はいはい、わかった、わかった」

面倒くさそうに言ったみどりだったが、がっくりうなだれている響を見て、慌てて言った。

「あ、でもでも、殿岡さんのファイルは会社のクラウドＢＯＸにあるかも？　探してみましょうよ！」

「それ、僕の得意分野だから頑張ります」

敏信が力強く言った。

そんな二人を見て響が少し笑いながら言った。

「そうね、ありがとう。ファイル探しましょう」

すると諒太も「おお、そこに目をつけるとはさすが！　明日から早速頑張りましょう！」と言い、五人は明日からの活動方針を確認しながら駅まで歩き、そのあとそれぞれ帰路についた。

　みんなと別れて一人きりになった諒太がボソッと呟いた。

「……もうクラウドＢＯＸに気づかれたか。あんまり関わらないでほしいが、仕方がない。まあ、部屋では一応の収穫があったしな……」

　諒太の手には、くしゃくしゃになった薬の袋が握られていた。

　その袋のしわを伸ばすと、諒太はスマホを取り出した。

「もしもし、田淵です……だから今は田淵です。そんなことはいいんです。それよりも手がかりをつかみました。ふたば薬局、住所は東京都目黒区目黒××—××……しっかり調べてくださいよ、私はクラウドＢＯＸ探索をします。その前に社長にもお会いしますよ」

　通話を終えた諒太は、まっすぐ家路をたどった。

5

翌日も響は朝から壊れかけた椅子に座っているだけの半日を過ごしていた。

そして昼休み。

響は息の詰まる地下室のコールセンターを出て、会社近くのおいしいパン屋でパンを買って公園に行った。公園のベンチで買ったばかりのパンをかじりながら、ぼうっと殿岡のことを考えていた。

殿岡部長……正（ただし）さん……今どこにいるの……。

その時、突然スマホが鳴った。見慣れない番号からの着信だった。

「誰だろう?」

少し警戒しながらも、響は電話に出た。

《……もしもし?》

電話から聞こえたのは少女の声だった。

「え、もしもし、明輝ちゃん？」

響はスマホを落としそうになりながら、聞き覚えのある声に必死で呼びかけた。

《うん、明輝だよ。響お姉ちゃん？》

それは殿岡の娘の明輝からの電話だった。

「明輝ちゃん、今どこにいるの？　大丈夫？　お姉ちゃん、心配したんだよ」

響は矢継ぎ早に質問した。

《……すんすん》

スマホからは鼻をすするような音が聞こえた。

「もしもし、明輝ちゃん大丈夫？　泣いているの？」

少し落ち着いてきた響は、明輝が泣きやむのを待った。

「ごめんね、お姉さんちょっと興奮しちゃって……ゆっくりでいいからね」

響は優しく明輝に語りかける。

《……うん、ごめんね、響お姉ちゃん、本当は電話しちゃいけないんだけど

……》
　だんだんと落ち着いてきた明輝は、ゆっくりとなら話せるようになった。
「どうして？　響お姉ちゃんは明輝ちゃんから電話をもらえると、とっても嬉しいよ。いつでも電話して」
《本当？　うれしい！　でもパパが響お姉ちゃんに電話しちゃダメって……》
　一瞬明るくなった明輝の声が、すぐに暗く小さくなった。「パパが電話しちゃダメ」という言葉に、響は金ヅチで頭を叩かれたような衝撃を受けた。
「え？　正さん……パパがそう言ったの？　どうして？」
　響が声を絞り出して訊いた。
《あのね、明輝、病気でね、入院しているの。だから響お姉ちゃんに知らせちゃダメってパパが言うの》
　明輝が入院と聞いた響は胸が張り裂けそうになった。
「ええっ、入院？　明輝ちゃん入院しているの？　どこが悪いの？　怪我したの？」

響は心配のあまり顔から血の気が引くのを感じながら問い返した。

《えーと、あのね、じはつせいけっしょう……よくわかんないけど、難しい病気なの……》明輝は心細そうに答えた。

「ええっ、病気なの？　大丈夫？　どこか痛い？」

《うーんとね、ちょっと痛いかな？　でもあんせい？　にしてねていれば大丈夫、かな？》

明輝が心もとない声で答える。

「大変じゃない、お姉ちゃんお見舞いに行くわ！　どこの病院？」

たまらず響が訊くと明輝が答えた。

《うーんとね……よくわからない。看護師のおねえさんは教えてくれないし、お部屋から出ちゃダメって言うし》

「ええ？　お部屋から出ちゃダメなの？　そんなに悪い病気なの？」

明輝の病気がどれほど深刻なのかがわからない響は動揺していた。

《うん……明輝が悪い子だから悪い病気になるのかな？　パパはいつも来てくれるけど、なんだかとっても苦しそうなの。明輝が悪い子だから……？》

明輝が思い詰めて泣いているのを感じ取った響は一生懸命言葉をつむいだ。

「ううん、そんなことないよ、明輝ちゃんは良い子だよ。響お姉ちゃんは知っているよ。ただちょっと弱っちゃっただけだよ、病気に負けない強い子になろう。そうすれば大丈夫だよ」

《そうなの？　明輝ちょっと弱い子なだけ？　強くなればだいじょうぶ？》

響の励ましに明輝の声が少し明るくなる。

「うん、そうよ、だいじょうぶ」

響の声も少し落ち着いてきた。

《あ、パパの足音がする。早くスマホをパパのカバンに入れなくちゃ。明輝はスマホいじっちゃダメって言われているから》

明輝が慌てている様子がスマホの向こうから伝わってきた。

「そうなの？　今使っているのは明輝ちゃんのスマホじゃないの？」

思いもかけない状況に驚いた響がなおも尋ねた。

《うん、明輝が使っているのはママのスマホ。パパ、ずっとママのスマホ持っているから。響お姉ちゃんの番号は覚えているから大丈夫。じゃあ、またかける》

明輝がそれだけ言うと、通話が切れた。

響は、ある想いに胸が締めつけられていた。

正さん……殿岡部長、まだ三年前に亡くなった霜子（そうこ）さんのスマホを持ち続けているんだ。

響は二年半くらい前の殿岡の独白のような言葉を思い出した。

〈霜子のスマホをまだ解約できないんだよ。解約すると本当に霜子がいなくなったようで……おかしいだろう〉

殿岡部長、やっぱりまだ霜子さんのことを……死んだ人になんて勝てない……。

会社では部長と呼ぶことを徹底させていたのも、プライベートについて話さないのも、やっぱり霜子さんのことが忘れられないから……。

響の胸の中は嵐が吹き荒れていた。

――と、その時。

「隣、いいですかあー？」

諒太の呑気な声で、響ははっと現実に引き戻された。

「あ、ああ、田淵さん――ど、どうぞ」

響は動揺を悟られないように、なるべく平静をよそおった。

そんな響を横目でちらっと見て、諒太が言った。

「ここは初音さんに教えてもらったんですよ、良い公園があって営業部の人はよく来るって。それにしても昨日はお疲れ様でした。収穫なくて残念でしたねえ」

諒太は響の心を探るように観察していたが、まだ動揺していた響はそれには気づかず生返事をした。

「そうねえ、残念ね」

そんな響に、諒太がさりげなく言った。

「病院に行かなくちゃいけないかもしれません」

「え、び、病院⁉」

病院という言葉に、響の心臓が飛び跳ねた。

「え、ど、どうして、どこの病院？」

心を見透かされたような気がして、響は思わず詰め寄った。

「それが、ちょっとお尻が……ねえ……痔かもしれません、なさけな――」

諒太はワハハと笑ったが、その目は響の動揺を見て取っていた。

「そ、そう、たいへんねえ」

響もひきつった笑みを浮かべた。

「じ、じゃあ、私はそろそろ地下室に戻るわ」

立ち上がると響は、よろよろと去っていった。

そんな響を見送ると諒太は呟いた。

「うーん……なんとなくかまをかけてみたけれど、病院のことを知っちゃったのかあ。変に優秀で困るなあ……」

諒太はふと、腕組みしている腕の時計を見た。

「お、そろそろ時間か？」

慌てて立ち上がった諒太は、公園を出て会社へ戻った。

6

「さて、こちらもどうなっているやら」

諒太は険しい顔でエレベーターに乗ると会社の最上階へ向かった。

目的地は社長室である。

社長室に着くと男性秘書の素元圭（すもとけい）が立ちふさがった。

「申し訳ありませんが、お約束のない方はお通しできません」

「ささやかな抵抗か?」

諒太は口の中で呟いた。

「は?　何か?」

訊き返す素元に今度は諒太がはっきりと言った。

「約束しておりますよ、優秀な秘書さん。この時間を社長直々に指定されましたので」

素元がわざとらしくスケジュール表を確認する。

「大変申し訳ありませんが、スケジュールに入っておりません」

素元はあくまで物腰柔らかく断る姿勢を崩さなかった。

「それでは、社長にお電話差し上げましょうかね。一応社長のスマホの番号はいただいているので」

諒太がスマホを取り出すと、素元が観念したように「それでは社長に確認いいたします」と扉をノックしてから社長室に入る。

そして二分後、社長室から出てきた素元は「大変失礼しました。どうぞお入りください」と恭しくお辞儀して諒太を通した。

諒太もわざとらしく大きな音でノックし、「田淵諒太、入りまーす。お忙しいところ失礼いたしまーす」と言ってから社長室に入った。

社長室には大机に立派な椅子に座った、社内外でブルドッグと恐れられている剛腕の女性社長、長嶋聡子（ながしまさとこ）が口元をゆがめた顔で出迎えた。

「これはこれは、田淵さん。何か不具合でもありましたか？」

言葉は丁寧だが、長嶋の威圧感はすごかった。

「おお、さすが社長」諒太も負けてはいなかった。「はい、ございましたよ。私の着任の前日に松永響をコールセンターに異動させたのはどうしてですか？」

諒太もなかなかの貫禄で、机に両手をつき、長嶋を見下ろしながら迫った。

「それは、通常の業務ローテーションで……」

言いかけた長嶋を遮って諒太は両手で机をバンッとたたいた。

「言い訳は結構です。松永さんが殿岡の協力者ということを知っていて異動させましたね。私には営業部の人間の中に協力者がいると言っておきながら！」

長嶋はぐっと拳を握ると諒太をしばらくにらみつけていたが、しばらくして力を抜くと〝ふうっ〟とため息をついた。

「どうして松永が協力者とわかったのですか？」

余裕を見せて長嶋が訊いた。

「営業部の方が私の着任と松永さんの離任の歓送迎会を開いてくださいましてね。そこで松永さんとお会いしてお話しする機会を得ました」

諒太の説明に長嶋の眉が吊り上がった。

「あの、営業部のぼんくらどもが！　余計なことをして！　本当にろくなことをしない！」長嶋が吐き捨てた。

「今度は歓送迎会禁止令でも出しますか？」

諒太の軽口に長嶋がついにキレた。

「私は！　私はこの会社を守るためなら何でもする！　何でもだ！　この会社は私のすべてだ！」

長嶋が怒鳴り散らすのを聞いた諒太は、机から離した両腕を組んで言った。

「それでは私に協力した方がいいですよ。不正の噂話だけでも会社の評価は下がりますからね」

その言葉に長嶋が目をひんむいた。

「まさか！　マスコミにリークする気か！」

諒太は腕組みしたまま言った。

「そんなことはしたくはありませんが、ご協力いただけないとなると、手段として使用するのは仕方ないことになるかもしれませんな」

それを聞いた長嶋は、諒太をにらみつけながらも、への字に曲げた口を開き、

「これからは協力を惜しみません……よろしくお願いします」と声を絞り出すよ

うにして言った。

　諒太は頭を下げると早速協力を要請した。

「実はお願いがあります。会社全部のクラウドＢＯＸにアクセスできるキーを私のアカウントに付与してください。よろしく」

　長嶋は眉根を寄せたが「わかった」と一言だけ言った。

「ありがとうございます。それでは失礼いたします」

　諒太も頭を下げると社長室を出ていった。

　諒太が退室すると長嶋は両の拳で机をバンっとたたいた。

「この若造がッ！」


　社長室を出た諒太の頭に長嶋のことはすでになく、急いで営業部に向かった。

「営業部の彼、けっこう優秀だからなー。ファイルを見つけるかも知れん。急がないと。それにしても営業部の彼、名前なんだっけか？」

諒太はまたも一人呟きながらエレベーターに乗った。

7

諒太が営業部に戻ると、なんと河名が近寄ってきた。

「田淵君、ちょっと話があるんだが、いいかね？」

諒太は少しぎょっとした。

「はあ、なんでしょうか？」

何なんだこの人、キャラ違いすぎだろと諒太は思ったが口には出さなかった。

代わりにみどりが「キャラ違いすぎ」と呟いていたが……。

河名は「君はどうしてこの会社に入ったのかね？」だの「営業部の印象はどうかね」だの「この会社の歴史を語ろう！」だのとやたらとまとわりついてくる。

河名は必死すぎて、自分の言動で部全体が「何なんだろう？」という雰囲気になっていることにも気づかないようだった。

諒太はあまりにも不自然な河名の言動にだんだん気づいてきて、ああ、長嶋社長の差し金か？　とようやく勘が働いた。

そこで諒太は「自分の仕事をしましょう！　営業部が停滞しています！」と河名に進言した。

河名は「いやいや営業部は大丈夫だから」とゴリ押ししようとしたが、諒太は「自分の仕事しまーす！」と言って先日までの課長の椅子に座った。

パソコンを立ち上げて社内ネットにアクセスすると早速メールが届いていた。

差出人は土井敏信。

土井敏信？・？・？　諒太の頭の中は「？・」でいっぱいになったが、

件名：ファイル見つけました！

を見て納得した。そうか、営業部の彼か。土井敏信っていう名前か。ファイル見つけちゃったのか……諒太はがっかりしたが、ありがとうと返信した。敏信を見ると、諒太の視線を感じたのか、小さくガッツポーズをしている。

諒太は早速ファイルを見た。

なになに、営業部のフォルダーの一番上の階層か。フォルダー名SOUKO……倉庫？

そこでフォルダーをクリックすると二件のファイルが出てきた。Under1とUnder2。

ファイルをクリックすると「パスワードを入力してください」という画面が出てきた。

パスワードか……諒太は座っていて良かったと思った。立っていたら思わず膝から崩れ落ちただろう。

そりゃロックがかかっているよな……

意気消沈してパスワード画面を閉じたその瞬間、二つのファイルが削除された。

「な、なんだ⁇」

諒太が思わず声を上げた。

すると河名が、にやにやしながら寄ってきた。

「どうしたかね？　田淵君？」

（こ、こいつ？　もしかして？）

諒太がアクセス履歴を見ると河名の名前があった。

「やってくれましたね」

諒太が、押し殺した声で訊いた。

「……さあ、何のことかな？」

諒太がキレる、まさにその寸前。

「田淵さん、トイレ行きましょう、トイレ‼　連れションです‼」

敏信が諒太を引っ張った。

「放せ」

諒太が低い声で言う。

「田淵さん、暴力はダメです！　河名の思うつぼです！」

敏信が必死に田淵を押しとどめる。

わずかに理性を取り戻した諒太は、敏信に引きずられてトイレに行った。

「ファイルを削除されたぞ」

静かな怒りを湛えながら諒太が敏信に言った。

「あ、それなら大丈夫です」という敏信に、諒太は思わず「何が大丈夫なんだ！」と声を荒げた。

「あのファイル、僕が細工したファイルですから」

敏信が明るい声で言う。

「細工？」

拍子抜けした諒太が訊き返す。

「削除する時、勝手にファイルのコピーができる細工です。ウイルスみたいなもんですね」

敏信が自慢げに言った。

「ハッカーか！　でも、どこにファイルがコピーされるかわからないだろう」

諒太がまた難しい顔になったので、敏信がさらに説明を加える。

「コピー先は僕の個人フォルダーに設定してあります。もちろんそこも危険なのでヘルプデスクチームしか触れないフォルダーにコピーしておきました」

敏信が得意げに言った。

諒太は思わず「よくやった！」と言って、手を洗っている敏信の頭をワシャワシャとなでた。

「ちょ、ちょっと！　そういうことは手を洗ってからにしてください！」

諒太が逃げる敏信を追いかけて、さらにワシャワシャにした。

しかし、すぐにＳＴＯＰして、敏信に言った。

「すぐに俺のメールアドレスにファイルを送信してくれ。会社のではなく俺個人のメアドだ。俺の個人メアドはXXXX01ya@XX.jpだ。すぐに頼む」

「了解しました！」

敏信は走って部室に戻っていった。

「なんか仕事できるんだよなー。けっこう優秀な人材がそろっているんじゃないか、この会社？」

諒太はまたひとり呟いた。

トイレを出た諒太は悲痛な表情をよそおって自席に戻った。

だが、河名はいなかった。どこかに報告に行ったのだろう。

社長のところか、それとも？

しまった、あとをつければよかった……

まだまだ俺も甘ちゃんだな……諒太は反省することしきりだった。

そして、ひとしきり反省したあと、諒太はスマホをチェックした。

よし、ちゃんとメールが転送されている！

諒太は確認したそのメールを警視庁にさらに転送した。

8

その頃、河名は経理部長の中村のところにいた。

「おや、河名君、珍しいねえ、どうしたかな？」

苛立ちを隠さず中村が訊いた。

「それが通勤費のことでご相談が……」

「河名君、その話は会議室で聞こう！」

河名が言いかけると、中村は河名をひきずるようにして空いている会議室に連れ去った。

「通勤費って会議室で話すこと？」

経理の鈴木心愛（すずきここあ）が隣の席の日下紗枝（くさかさえ）にささやいた。

「さあ？　でも、中村部長の挙動不審って、いつものことじゃない？」

紗枝が軽くいなした。

「まあねー。中村部長の方が経理不正してたりして……ってまさかねー」

心愛が言うと「まさかあー」と紗枝も笑った。

「そこ！　くだらないことしゃべってないで、手を動かす！」

経理のお局、坂庭久美子（さかにわくみこ）が雷を落とした。

「はい、すみません」

「すみません」

心愛と紗枝は冷や汗をかいておしゃべりを止めた。

「油断も隙もないわ！」

坂庭はぷりぷりしながら荒々しくパソコンを叩き始めた。

シーンとした経理部でパソコンのキーボードを叩く音だけが響いていた。

9

その頃、会議室に入った中村と河名は、広い会議室の一番奥でひそひそとささやきあっていた。

「暗号の通勤費は便利だな。河名、よくやったぞ。帳簿を見つけたんだな！」

「はい、ファイルは確かに削除しました！」

河名は胸を張って言った。

「な、な、なんだと、削除しただだと！　ばっかもーん！　先生が中身を確かめたいからファイルを転送するようおっしゃっていただろう！」

「し、しかしロックがかかっていましたし、見られないと判断して削除しました」

「パスワードなど殿岡に訊けばよかっただろう！　あいつには十二分に金を渡し

てある。そのくらいは言っただろう？」

「し、しかし、ファイルを残したまま金を持って失踪したんですよ、殿岡は！」

「ふん、たしかにそうだったな」

中村は何やら考えていたが「まあ、いい、先生にはファイルは削除したと報告しよう、仕方ない。お怒りになるだろうがな……」と言うと、がっくり肩を落として会議室を出た。

続いて肩をすぼめて小さくなった河名も会議室を出た。

そんな二人を心愛と紗枝は不思議そうに見ていたが口はしっかり閉じていた。

10

その頃響は、半分壊れた椅子に座ってひたすら時間が過ぎるのを待っていた。

そして就業時間が終わると、ため息をついて立ち上がった。

コールセンターから出てきた響に流奈が声をかけた。

「響、ちょっといい?」

「え?　流奈……じゃない掛川センター長、なんでしょうか」

動揺して訊き返す響に、流奈がウインクして答えた。

「流奈でいいわよ。私たち同期でしょ?　でも他の娘たちがいないところ限定でね」

「えっ?　ええ……」

戸惑いながら響は流奈に同意してみせた。

「今日はちょっと食事でもどう?」

流奈に誘われてさらに驚いた響は思わず言ってしまった。

「ええっ、一体どういう風の吹き回し?」

「そんなにびっくりしないでよ。しつこいけど、私たち同期でしょ?」

思わず飛び出した響の本音に流奈は苦笑した。

「ま、まあ、いいけど……」

響は流奈に強引に連れ出された。

そしてそんな二人をじっと見ている人影があった——諒太だった。

諒太は二人に気づかれないよう、そっと後をつけた。

流奈は響を少し洒落たレストランに案内した。

「え、こんなところいいの？」

びっくりした響が訊いた。

「いいのよ……お詫びの印」

流奈が笑って答えた。

「で、でも……」

響が躊躇している間に、さっさと流奈がレストランの扉を開ける。

「さ、早く」

「え、ええ」

流奈に強く促された響も後に続く。

「予約した掛川です」

流奈がレストランの受付に告げる。

「え？　予約？」

響はますますびっくりしたが、案内されるまま席に着く。

流奈は響と向かい合わせに座ると早速メニューを開いた。

「赤ワインをいただきたいのですけれど……ボトルで」

流奈が早々と注文すると響は小声で早口に言った。

「え、待って、私が赤ワイン飲むと……トイレが近くなるって知ってるでしょ」

「いいからいいから。二人だけなんだし、行きたくなったらすぐ行けばいいわよ」

流奈が気にも留めない様子で言うとウエイターに注文した。

「じゃあ、赤ワインすぐお願いね」

「ほんとに赤ワイン、ダメなんだって……」

響がどれだけ言っても、流奈は聞く耳を持たなかった。

「だから二人だけだから大丈夫よ。普段は赤ワイン好きなのに飲まないで我慢しているんでしょ。二人の時くらい遠慮しないで」

「え、ええ……」

響がさえない顔で仕方なく了承した。

そんなやりとりをしているうちに赤ワインが運ばれてきた。

ウエイターが栓を抜き、流奈が試飲する。

「いかがですか?」

「おいしいです」

流奈が頷くと、ウエイターは二つのグラスに赤ワインを注いだ。

ウエイターが去ると流奈が赤ワインの入ったグラスを手に取る。

「さ、乾杯しましょう。ちょっと遅くなったけど、歓迎会よ」

流奈の笑顔に、響もこれ以上断ることができない。

「わ、わかったわ」

覚悟を決めた響もグラスを手に取って乾杯し、赤ワインを一口飲む。

「ああ、久しぶり……やっぱりおいしい」

響は久しぶりの赤ワインがおいしくて、一気に飲んでしまった。

「あらやだ……」

響の顔を見た流奈が、もう赤くなっているわよと笑って言った。

「お気に召して良かったわ。とりあえず異動おめでとう。いえ、残念、かな？」

そこまで言うと流奈は急に真顔になり、「何があったか知らないけど、なんだか会社があわただしいみたいね」と訊いてきた。

「そうね、私も自分のことで手一杯だけど……なんとなくあわただしいのは感じるわ」すべてを明かすことができない響は暗い声で言った。

「それでね……」流奈が言いかけた言葉を響が遮った。「ごめん、私、ちょっとトイレ……」

響はカバンを置いたままトイレへと足早に去った。

流奈は自分のカバンから赤いケースに入ったスマホを取り出すと席を立ち、響のカバンの中をかきまわす。

「……あった！」

流奈は自分のスマホと響のスマホを入れ替えた。どちらも同じ赤いケースに入っているので、入れ替えたことには気づかれないだろう。

「よし」と流奈が呟いた瞬間。

「あなた、今、窃盗を働きましたね」

後ろから男性の声がしてビクッとした流奈は反射的に振り向いた。

「な、なによ、あ、あなた誰？」

流奈は見知らぬ男に虚勢を張った。しかし、次の言葉でふらふらとテーブルに手をついた。

「警視庁捜査二課の田淵諒太……いえ、田中一郎です」と言って警察証を見せた。

「本名は嫌いなのに名乗らせたな……容赦しないぞ」

田淵諒太こと田中一郎は流奈の耳元で呟いた。

流奈はがっくりとうなだれている。

そんな流奈に諒太は厳しく言い放った。

「とりあえず署までご同行願えますか？」

「そ、そんな……見逃してください。すみません……出来心でした」

流奈が諒太にすがりつく。

「謝ってすんだら警察は要らないですよ」

諒太が邪険に流奈を引き離した。

「そ、そんな……」

流奈がぶるぶると震えている。

そんな様子の流奈を見た諒太は「まあ、このくらいにしておくか」と呟くと流奈に言った。

「現在捜査中の案件にご協力いただいてスマホも元に戻すなら考慮しますよ」

「ほ、本当ですか！　何でも協力します！」

流奈が飛び上がってまた諒太にすがりついた。

「いちいちすがりつかないでください」

諒太が嫌そうに流奈を引き離すと単刀直入に訊いた。

「あなたにスマホの取り替えを指示した人物は誰ですか？」

「そ、それは……」

動揺した流奈が返事に口ごもる。

「早く答えてください、時間がない！」

厳しく諒太は再度問い直す。

「そ、それは……」

流奈はなおも躊躇している。

「早く！」諒太が厳しく言うと流奈はおずおずと言った。

「経理の……中村部長です……」

流奈は白状し、小さくため息をついた。

「ご協力感謝します」

そう言うと諒太は流奈が持ったスマホを響のカバンの中のスマホと交換した。

「このスマホは証拠品として預からせていただきます」

そう言うと諒太は、押収したスマホを持って去っていった。

「え、あ、あの……」

残された流奈は慌てふためいたが、そこに響が戻ってきた。

「流奈？　どうしたの？」

立ち尽くす流奈に響が声をかけた。

「え？　あ、あの……何でもないの、何でもない……」

そう言って流奈は動揺を鎮めるように胸に手をあてると自分の席に戻った。

「？」

　そんな流奈の様子をいぶかしげに見る響も自分の席に座った。

11

　レストランを出た諒太はスマホで上司に連絡をとった。

「もしもし、田中です」

《おお、本名に戻ったか。良い名前だと思うぞ、一郎》

　上司は諒太をからかうように言った。

「だからいいです、それは」

　諒太は少しイライラしながら言った。

「東亜社内の内通者の証言を得ました。また、証拠品として通話アプリが起動中のスマホを押収しました。今から署に持ち帰るので徹底的に調査願います」

《そうか、ごくろうさん……ところで薬袋の薬局がわかったぞ。殿岡の名前で探したらすぐに特定できた。珍しい名前だからな》
上司がそう言うと諒太はキレ気味に「名前の話はもういいです。で、殿岡は何の病気ですか！」と訊いた。
《いや、名前の話が出たのは偶然というか、お前をからかったわけじゃない。気を悪くするな。ちなみに病気なのは殿岡本人ではなく娘のほうだ。名前は明輝で年齢は十歳。病名は突発性血小板減少性紫斑病。難病だ。症状が始まったのはここ一か月のことらしい。服薬で治らなかったので今は専門病院に入院中だ》
上司は詳しく説明した。
「十歳で難病はきついですね。ところで殿岡の娘が入院したというのは例の教授がいる病院ですか？」
《そうだ、いよいよつながってきた。しかし、決定的な証拠がない。例のファイルのパスワードが必要だ。引き続きよろしく頼む》

「了解しました。明日は病院に行ってみます」

そう言うと諒太は通話を終えた。

12

その頃レストランでは酔った流奈に響がからまれていた。

「響はすごいわよねー。一人で営業部の課長になって。すごいわよー。営業部の花形よぉー」

「でも、もう、左遷されたし……」

響の表情に暗い影が差した。

「でもすごいわよぉー。あたしなんてしがないコールセンター長だし。あたしずっと響がうらやましかった。だから響がコールセンターに異動になった時、意地悪したい気持ちがあってさ。いろいろと後押しもあって、意地悪してごめん。」

明日は普通の椅子に替えるから」

ベロベロに酔った流奈が、べらべらとしゃべっていた。

「え？　あとおし？　後押しって誰の？」

困惑した響が問いただしたが、流奈は気づかず「響はいいなあ、いいなあ」と繰り返すだけだった。

（流奈は酔っぱらうとわけわかんなくなるからな。それで言ったこと覚えてないし。そんなに大した意味はないのかも……）

しばらくは酔った流奈の愚痴につきあっていたが、いよいよ流奈の頭がぐらぐらしてきたので「もう出よう」と促し、ベロベロに酔った流奈に肩を貸してレストランの出口まで行った。

響が会計しようとするとすでにカードで支払い済みとのことだった。

（そういうところは準備いいんだ）

響は苦笑して流奈を助けながら駅へと向かった。

「流奈。家どこ？　以前と同じ？　電車乗るよ？」

響が言うと流奈は急にしゃんとした。

「電車？　乗るわよ！　大丈夫、ちゃんと家に帰れるから」

流奈はふらふらしながらも一人で立った。

「流奈、大丈夫？」

響は心配したが「大丈夫！」と流奈はふらふらとプラットフォームに向かって歩いていった。

（大丈夫かなー？）

響は心配だったが、流奈を一人で帰らせることにした。

（いつもベロベロに酔っても翌朝は何にもなかったみたいに出社するからな。大丈夫でしょう）

響はそう心に呟くと自分も電車に乗った。

最寄り駅で降りて自宅まで歩く。自宅に到着した響は、とりあえずメールチェックするかなと、玄関から家に上がるとスマホ画面を開いた。

（うん？　留守電が入ってる？）

スマホの留守録が気になった響はすぐに再生した。

《ひびきおねえちゃん？　いないの？　……えーとあのね、病院はじんうだいがくふぞくびょういん？　だって。お掃除のおばちゃんが教えてくれた。看護師さんこわいから訊けないけど、おそうじのおばちゃんはやさしい。あ、パパの足音がするからばいばい》

そこで留守電は終わっていた。

響は激しく後悔した。

（やっぱり流奈の誘いなんかのるんじゃなかった。スマホが鳴ったのに聞き逃すなんて！）

響はしばらくスマホを握りしめて立ち尽くしていたが、一度ため息をつくと数回深呼吸をして気持ちを落ち着けた。

(とりあえず病院はわかったし。神羽大学附属病院なら私でも名前を知っている有名病院だし。こんな夜中じゃお見舞いになんていけないいし。明日行ってみよう。明日)

響はそう心に決めると着替えを始めた。

13

その頃、流奈も自分の家の近くまで帰り着いていた。

流奈は家に入る前にスマホを取り出すと震える手で電話をかけた。

数回のコール後、電話の相手から応答があった。

《中村だ。どうだ、うまくいったか?》

せかせかと中村が訊く。

しばらくの沈黙の後、流奈が消え入りそうな声で言った。

「……いえ、失敗しました」

《なに、失敗しただと！　あれほど自信満々にできると言ったくせに、なんだ、そのていたらくは！　やっぱりコールセンター長なんぞやっている無能には無理だったな！》

中村の罵詈雑言に流奈はピクッと反応し、反射的に言い返していた。

「警察が来ていたからしょうがないじゃないですか！　あなたが私に渡したスマホは警察が持っていきましたよ！　私だって逮捕なんてごめんです！　もう、あなたに協力なんてできません！」

《えっ？　け、けいさつ？》

中村が息をのむ。

流奈は畳みかけるように言った。

「そうです、警察です。私が逮捕なんてされたら家族がどうなるか……そんなに危険なことはできません。私を脅しても無駄ですよ！　もしコールセンター長から異動させるよう手をまわしたら、人事の境部長に全部話しますからね！」
《お、俺を脅す気か！　許さんぞ！》
「弱みを握っているのはお互い様ですから、もうこれ以上私に関わらないでください。警察沙汰はご免です！」
そうまくしたてて流奈は一方的に電話を切ると自宅の玄関のドアを閉めた。

14

翌日、通常通りに出勤した響がコールセンター室に入ると、すでに流奈は出社していた。

「おはよう、センター長より後の出社とはいいご身分ね」

流奈が響に皮肉な声をかけた。

「申し訳ございません、センター長。申し訳ついでにもうひとつすみませんが、本日午後休暇をいただきたいのですが、よろしいでしょうか」

流奈はやっぱり昨日のことはすべて忘れているのだなと思い、響は流奈に丁寧に話しかけた。

「午後休暇？　まだ異動してすぐなのに、よく休暇申請できるわね！」

流奈が怒りの声をあげる。

「申し訳ありません、ですがどうしても外せない用事ができまして。午後休暇を取らせていただきます」

響はきっぱりと宣言するように言った。

「ま、まあ、一応認められている権利だし仕方ないか。か、勝手にすれば」

響の勢いにたじろいだのか、流奈は午後休暇を許可した。

「ありがとうございます」

そう言うと響は自席に向かった。

響の席は普通の椅子になっていた。

驚いた響は流奈の方を振り向いた。

そっぽを向いた流奈は響と目を合わせないようにしている。

(相変わらず流奈は素直じゃないなあ……)

響は少し笑いながら流奈の席に向かった。

「コールセンター長、椅子を交換していただきありがとうございました」

響は丁寧にお礼を言った。

「備品が壊れていたら取り換えるのは当然だから。別にお礼なんていらないわよ」

流奈は頬を赤く染めて、そっぽをむいたままモゴモゴと言った。

「ありがとうございます」

響はもう一度お礼を言うと自席に戻り、中古だが壊れていない椅子に座った。

(やっぱり普通の椅子は座り心地良いわ)

響は少し明るい気分になって午前中を座り心地の良い椅子で過ごした。

15

そして午後。

十二時ぴったりに響は立ち上がると流奈に声をかけた。

「それではお先に失礼いたします」

流奈が響と目を合わせずにうなずくのがわかった。

（素直じゃないんだから）

響は少し笑うとコールセンター室を出た。

その後公園でサンドイッチを食べてから神羽大学附属病院に向かう。電車で三十分、バスで二十分で到着した響は、さっそく受付に向かった。

「私、殿岡明輝ちゃんの父親の同僚でお見舞いしたいのですが、どの部屋に入院されていますか？」

「少々お待ちください」と受付の係員がパソコンを操作するが、「申し訳ありません。そのお名前の方は当病院には入院されていません」という。

「え！」

絶句した響が立ち尽くしていると、突然後ろから声がかかった。

「その方は僕の連れだから一緒に行かせていただくよ」

響が驚いて振り向くと、そこに立っていたのは諒太だった。

「田淵さん！　どうしてここに⁉」

「奇遇ですね。あるルートでここにたどり着きました。響さんこそ、どうしてここに？」

諒太は笑みをたたえながらも鋭い目で響に訊いた。

「私は明輝ちゃんから電話をもらって……田淵さんこそ別ルートって？」

響が訊き返すと、諒太は苦笑いを浮かべた。

「本人から教わったとなれば仕方ないですね。一緒に行きましょう」

諒太は受付に会釈すると響を促した。

「あ、ありがとうございます」

響はお礼を言うと、諒太と一緒に病院内に足を踏み入れた。

二人はエレベーターに乗ると最上階に向かった。

「特別室に入院されているようですよ」

諒太が響に言った。

「そうなんですか。それでわからなかったのかもしれないですね」

これで受付の対応の謎が解けたと響は思った。

最上階に到着すると、二人はエレベーターから降りた。

諒太はエレベーターホールにいた清掃作業員に尋ねた。

「特別室はどこですか？」

「ああ、あっちの方だよ」

清掃作業員は指さして教えてくれたあと、付け加えた。

「でも、女の子だったら特別室にはいないよ。なんでも点滴が外れたとかでＩＣＵにいるよ」

「ええ、そうなんですか！」

「どうしてそんなことに！」

諒太と響が同時に叫んだ。

「さあ、よくわからないけど。でも、あの子、看護師に意地悪されているようでね。あの子が悪い子だから病気になるとか言われているみたいで。あの子の身内なら注意してあげておくれよ」

（それで明輝ちゃんは、あんなこと言っていたのね）

響が胸の中で呟いた。

「それでお父さん——殿岡さんはいらっしゃいますよね？」

諒太が清掃作業員に訊いた。

「父親ならＩＣＵの親族控室にいると思うけど……」

清掃作業員が自信なさそうに答える。

「ありがとうございます。その部屋はどこにありますか？」

諒太が再び訊くと、「ああ、あっちだよ」と言って清掃作業員はさっきとは違う方向を指さした。

「ありがとうございます。じゃあ、行きましょう」

諒太が促すと、響は「はい、行きましょう」とうなずいた。

ＩＣＵの親族控室に着くと、諒太がいきなりドアを開けた。

「田淵さん、何するんですか！」

響が言った直後、控室から「なんだ、誰だ？」という男性の声が聞こえた。

（殿岡さんの声じゃない）

響ががっくりしていると、「ああ、すみませんでした、部屋を間違えたようです」と言って諒太が深々と頭を下げた。

「こっちは親族が危篤で気が立っているんだ！　気をつけろ！」

男の怒鳴り声が響いた。

「はい、まことにまことに申し訳ありませんでした」

諒太はもう一度深々とお辞儀をするとドアを閉めた。

「殿岡さんはここにはいないようですね」

「殿岡さん、明輝ちゃんがこんな状態なのにどこに行ってしまったんでしょうか」

響が今にも泣きそうな表情を浮かべている。

「響さん、殿岡さんが病院内にいるのは間違いないと思います。探しましょう！」

冷静な言葉で諒太が響を励ました。

「そ、そうですね、どこを探しましょうか？」

響は泣いている場合ではないと強く思い諒太に尋ねた。

「僕はもう一度特別室の方に行きますので、響さんはここで待っていてください。殿岡さんが来るかもしれないので」

「わかりました。そうですね。私はここで待っています」

響が了解すると諒太は「じゃあ、行きます」と言って特別室の方に戻った。

するとまた清掃作業員と行き合った。

「すみません、殿岡さん……女の子のお父さんを見ませんでしたか？」

「ああ、さっき特別室の看護師控室に行ったみたいだけど」

清掃作業員が思い出したように答えた。

「本当ですか！　ありがとうございます。それでその部屋はどこにありますか？」

諒太が喜び勇んで訊くと「ああ、その奥だよ」と言って清掃作業員がまた別の方向をさす。

「本当にありがとうございます！」

諒太は清掃作業員がさした方向に走った。

特別室の看護師控室と書いた扉はすぐに見つかり、諒太が勢いよくドアを開けると、そこには看護師の首を絞めている男……殿岡正がいた。

「何をしているんだ、殿岡！　やめろ！」

諒太は殿岡を看護師から引き離そうとするが、なかなか離れない。

「やめろ、殿岡！　なんでこんなことをするんだ！」

「この女が俺の娘を殺した！」

「やめろ、殿岡！　お前の娘は死んでいない！　今ICUで治療中だ！」

諒太がそう叫ぶと殿岡の手が少し緩んだ。

そのすきを逃さず諒太は殿岡を看護師から引き離して羽交い締めにした。

看護師はぜいぜいと荒い呼吸をしている。

(命に別状はなさそうだな)

そう判断して諒太は看護師に声をかけた。

「大丈夫ですか?」

「大丈夫なわけ、な、ないでしょ」

看護師はしゃがれた声で言った。

「そうですよね、すみません」

諒太が言うと、殿岡が叫んだ。

「こんな女死ねばいい！」

すると看護師はきっと顔を上げて言った。

「ふん、あんたの娘こそ死ねばいい！　こんなにお金のかかった治療を受けて、ぜいたくすぎるのよ！　私の弟は同じ病気でも治療も受けられず死んだのに！」

「それはお前の行ないが悪いから死んだんだろうよ！」

殿岡が嫌みったらしく言った。

看護師がキッと殿岡をにらむ。

「なによ！　あんたの娘だってどうせ死ぬわよ！」

忌々しそうに看護師が言った。

「明輝ちゃんに、いったい何をしたんですか？」

諒太が押し殺した声で訊くと、看護師は諒太をにらみつけて言った。

「私は何もしてないわよ！　あの子が自分で点滴を外したのよ！　監視カメラにだって写っているわよ！」

その時、特別室専用看護師控室のブザーが鳴った。

「患者様のＩＣＵ治療が終わりました。特別室に戻られるので準備願います」

インターホンから声が流れた。

「よかった」

ホッとした諒太の手が緩んだ瞬間、殿岡が諒太を背負い投げのように投げた。

「うわっ！」

受け身を取る間もなく床にたたきつけられた諒太は、立ち上がることもできず床にうずくまった。

その様子を見た殿岡は看護師控室から逃げ出した。

「くやしい！　助かるなんて！　あんたなんか死んだ方がいい、点滴抜けばすぐ死ぬって脅してやって、せっかくその通りになったのに！」

　後ろでは看護師が床を拳で叩きながら叫んでいる。

「あ、あんた、自殺教唆だな。点滴を抜いたのを知っていたのにほっておいたら自殺ほう助か殺人未遂だ」

　痛みに耐えながらも諒太が冷静に指摘した。

「あ……」

　己の犯した罪の重さに気づいた看護師の顔が青ざめた。

　諒太はそんな看護師には目もくれず、床に丸まって痛みが鎮まるのを待った。そして痛みが治まると立ち上がり、殿岡を追って特別室看護師控室を出た。

「くそ、どっちへ行った？」

　諒太が辺りを見回していると、また、清掃作業員と出くわした。

「おや、よく会うねえ」

　緊迫した状況を知らない清掃作業員がのんびり言うと諒太が叫ぶように訊いた。

「す、すみません！　殿岡は女の子の父親をみませんでしたか！」

「ああ、さっき、エレベーターで下へ降りていったよ」

清掃作業員が諒太の勢いにびっくりしながら答えた。

「ありがとう！」

諒太は叫ぶとエレベーターへ向かって走った。

「一階か？」

口の中で呟くと諒太は方向を変えて階段を走った。

「くそ！　さっき腰を打ちつけたせいで、あまり速く走れない！」

そう呟きながらも、力の限りの全速力で階段をかけおりた。

一階に到着して殿岡を探す。

「いた！」

殿岡はポストの前にいた。

「ポスト？」

諒太はなるべく人の陰に隠れながら殿岡に近づいていく。

だが、殿岡はすぐにエレベーターの方に移動していった。

「しまった！」

諒太もまっすぐエレベーターに向かったが、目の前でドアが閉まった。

「くそ！　何階だ？　最上階か？」

諒太は再び階段を走った。だがまるで速度が出ない。

ようやく最上階にたどり着いた時、窓が目に入った。

諒太は窓の外に落ちていく人影を見た。

「う、うそだろ！」

最上階にいた諒太はまた走って一階へ向かった。

病院の庭へまわると、そこにはすでにたくさんの人だかりができていた。

そこにピクリともせず横たわっているのは確かに殿岡だった。

諒太はひざから崩れ落ちそうになったが、とりあえずスマホを取り出すと震える手で上司に報告した。

「田中一郎です……殿岡が自殺しました。止められず申し訳ありません」

諒太が報告すると上司が言った。

《そうか、それは残念だった。それでパスワードの手掛かりはあったか？》

諒太はハッとした……そうだ、俺は警察官、俺の任務はパスワードを入手することだ。

「まだです。殿岡の持ち物を調べてみます」

諒太は素早く殿岡のそばに移動すると、殿岡の衣服を調べた。

「何も持っていないようだな」

確認を終えると諒太は重い足取りで特別室に向かった。

特別室看護師控室の前にも人だかりができていた。

諒太が通り過ぎると、看護師のしゃがれ声が聞こえてきた。

「あ、あの、患者さんのお父様が私の態度が気に入らないとおっしゃって私の首を急に……」

それを聞いた諒太は立ち止まった。

（これは捨て置けんな……）

人だかりをかき分けて前に行く。

一番前に出て警備員の肩を叩く。

警備員が振り向くと録音機器の再生ボタンを押した。

《くやしい！　助かるなんて！　せっかくあんたなんか死んだ方がいい、点滴抜けばすぐ死ぬって脅してやって、その通りになったのに！》

録音された看護師の声が控室に響く。

「あ……」

看護師の顔が青ざめた。

「どういうことですか？」

警備員が看護師に詰め寄る。

「あ……」

看護師が震えだすのを見た諒太が警備員に言った。

「自殺教唆及び自殺ほう助殺人未遂です。警察をお願いします。外では自殺者も出ています。こちらも警察を呼んでください。この録音機器は警察に渡してください」

録音機器を警備員に渡すと諒太は特別室に向かった。

そこでは眠っている明輝を響が見つめていた。

「助かったんですね、良かった」

諒太が話しかけると、響が涙声で言った。

「本当に良かったです……」

すると、二人の会話で目を覚ました明輝が訊いた。

「響お姉ちゃん泣いているの？」

「え？　ううん、そんなことないわよ。お姉ちゃん、明輝ちゃんが助かって本当にうれしいわ。もう二度と点滴外したりしないでね」

響が明輝に涙を見せないようにこらえて言う。

「でも、明輝は悪い子だから死んだ方がいいって看護師のお姉さんが……」

明輝がそう言いかけると、響より先に諒太が口を挟んだ。

「悪いお姉さんの言葉は聞かなくていいよ。騙されちゃダメだ」

「え？　看護師のお姉さん、悪い人なの？　白衣の天使って言っていたよ。天使じゃないの？」

明輝が大きく目を見開いた。

疑うことを知らない純粋な魂が初めて世の中の悪を知る残酷な瞬間だった。

「違うよ、あのお姉さんは悪魔だ。悪いことしたから警察に捕まるんだよ」

諒太が言い聞かせるように静かに言った。

「そうなの？　じゃあ、明輝は悪い子じゃない？」

明輝の問いに今度は響が答えた。

「明輝ちゃんが悪い子のわけないじゃない！　明輝ちゃんはとってもいい子よ！　明輝ちゃんが死んじゃったら私もパパも悲しいわ。とってもとっても悲しい。だから死んだりしないで」

「本当？　響お姉ちゃん、また来てくれる？　お姉ちゃん、明輝のこと好き？」

明輝が目を輝かせて響に尋ねた。

「もちろんよ！　何度でも来るから！」

明輝が響に約束した。

諒太も言った。

「おじさんもお見舞いに来ていいかな？」

「おじさん誰？」

明輝が不思議そうに訊いた。

「ああ、おじさんはね、パパと同じ会社の人だよ」

「ふーん、そうなんだ。パパとお友達？」

まだ信じられないという様子で明輝が尋ねた。

「うん、おじさんはお友達になりたいな」

心の底から諒太が言った。

「そうなんだ」

そう言いつつ明輝はあくびをした。

その様子を見て取った響が慌てて言った。

「明輝ちゃん、もう寝なくちゃ。今は起きてちゃダメよ」

「うん、わかった」

響の言葉に明輝は素直にうなずいて目をつむった。

響と諒太はそんな明輝を見守った。

しばらくすると明輝は寝息を立て始めた。二人は明輝が寝たのを見届けて特別室を出た。

「明輝ちゃん助かってほんとに良かった」

安堵のため息をついて響が言った。

「そうですね」

そう言って諒太も、深くため息をついた。

「それで殿岡さんは、見つかりましたか?」

いつかは答えなければならない質問だった。諒太は慎重に言葉を選びながら話しだした。

「響さん、驚かないで聞いてください。殿岡さんは自殺しました」

「え?　え?　何を言って……うそでしょう」

響は呆然としている。突然すぎて諒太の言ったことが理解できない。

「残念ながら本当です。殿岡さんは亡くなりました」

噛んで含めるように、諒太は繰り返して言った。

「うそ、うそよ、そんな……うそ……」

響はその言葉しか話せなくなったように、うそ、うそ、と繰り返した。

「残念ながら本当です」

殿岡が生きているというかすかな希望を断つように、諒太は断言した。

「うそよ！　信じない！　うそ！　だってそんな」

殿岡の死を受け入れつつあるのか、響の声が少しずつ大きくなっていく。

「静かに。明輝ちゃんが起きますよ」

諒太の言葉で明輝がすぐそばにいることを思い出した響は必死に声を抑えた。

「そんな、うそ。そんな……」

その直後、ふとあることに気づいた響は諒太を見た。

「あ、あなた、あなた、どうして。どうして殿岡さんを止めてくれなかったの！」

響は大声をださないように注意しつつも諒太に強く迫った。

「申し訳ありません……力及ばず」

深々と頭を下げる諒太の胸や腕を、響は拳で打ちつけた。

「あなたが……あなたが止めてくれないから！　あなたが！」

響はしばらく諒太を打ち続けたが、すぐに打ち疲れて泣き出した。

「そんな、そんな……」

響は踵を返すと泣きながら病院の廊下を走り去った。

諒太は響を悲しげに見送ると特別室に戻った。

「……これが俺の仕事だ」

諒太は眠っている明輝を起こさないよう、特別室に置いてあったカバンを静かに探った。

「スマホがあるな」

そう言うとカバンから真っ白なスマホを取り出してポケットに入れた。

「あとは……着替えと歯ブラシと……特にないな……」

諒太は一通りカバンを調べてスマホだけを持ち出した。

「これは借りていくよ、明輝ちゃん。ごめんね」

そう言って諒太は静かに部屋を出ていった。

16

その頃響は、どこをどう帰ったのか覚えていなかったが自宅で泣いていた。泣き疲れては寝て、起きてはまた泣いて……を繰り返していた。

そして三日後。

部屋のインターホンが鳴った。

響は無視していたが、何度も何度も鳴った。

それでも無視していると玄関から声がした。

「松永さーん！　松永さん、いないの！　合鍵で開けますよ！」

（大家さんの声だ……）

響は仕方なく玄関の扉を開けた。

そこには大家が新聞と郵便物を持って立っていた。

「ちょっと松永さん！　こんなに郵便物ためたら困りますよ！　ちゃんと持っていってもらわないと！」

そこまでまくし立てた大家だったが、響の顔を見て態度を軟化させた。

「あ、あら、ずいぶん顔色悪いわね、病気だったの？　とにかくこれ以上郵便物ためないでくださいね。じゃあお大事に」

大家は響に新聞と郵便物を押しつけると去っていった。

響は押しつけられた郵便物を床に落とした。郵便物がばらけた瞬間、一通の封書に目が釘づけになった。

夢中でその封書を拾う。

「これは！　この字！」

それは間違いなく殿岡の字だった。

響は震える手で封書を開封しようとしたが、なかなか開けられない。

響はハサミを取り出して封書の端を切った。

ハサミで切ったのにもかかわらず端がギザギザになった。手が震えっぱなしだったからだ。

なんとか中身を取り出して広げる。

殿岡の字が書いてあった。

「　響へ
君がこの手紙を読む頃には僕はこの世にいないだろう。
僕は君の将来を僕みたいな子持ちのじじいが縛ってはいけないと思ってきた。
だから僕が死ぬことは気にしないでくれ。
僕が死ぬのは僕が生きている価値がないからで、君に責任は微塵もない。
むしろ僕は君がいたからここまで生きてこられた。
霜子のいない人生を君が明るくしてくれた。
僕と明輝がこれまで生きてこられたのはひとえに君のおかげだ。

大きな文字で君と明輝の名前をつづりたい、本当にありがとう。君こそ僕の太陽だった。大きな文字で君と明輝の名前をつづりたい、ありがとう、ありがとう。大きな文字で君と明輝の名前をつづりたい、では、さらば。

追伸…僕は明輝が死んだと思っていたが違っていた。本当に申し訳ないが明輝を頼む。
　僕には君以外に明輝を頼める人がいない。明輝を頼む。たのむたのむたのむ」

響は手紙を読み進むにつれて涙が止まらなくなっていた。

（殿岡さん……正さん……あなたも私のことを思ってくれていたのですね……）

響は手紙を何度も読み返して、涙が涸れるほど泣いた後、立ち上がった。

（明輝ちゃんを守らなくちゃ。私が明輝ちゃんを！）

そう強く心に念じると久しぶりに熱いシャワーを浴びた。

17

その頃、諒太はパスワード探索に完全に行き詰まっていた。

上司からの情報は来ていた。

《掛川流奈から没収したスマホは経理部の坂庭久美子の名義で契約したものだった。スマホの契約だけでは特に法には触れない。殿岡から没収したスマホは五年前からほぼ未使用だった。最近通話した履歴はすべて松永との通話だった。スマホからの手掛かりはなしだ。引き続きパスワードを探索せよ》

諒太は東亜商事近くの公園のベンチで頭を抱えていた。

「これ以上、どうすればいいんだ……」

諒太が呟いていると、上から声が降ってきた。

「田淵さん、大丈夫ですか？　頭痛ですか？」

声に驚いて顔を上げると、響が笑っていた。

「響さん！　大丈夫ですか？」

「田淵さんの方が大丈夫じゃなさそうですよ。顔色もなんだか良くないし」

「響さんはお元気のようで……良かったです」

諒太はホッとして言った。

「実は……殿岡さんから手紙が来たんです」

響が恥ずかしそうに言った。

「殿岡から手紙？　あ、あの時のポストの……」

諒太の目が鋭くなった。警察官の目である。

「あの、差し支えなければ内容を教えていただけませんか？」

響は自分の正体を知らない。気づかれないよう緊張した声で訊く。

「え、恥ずかしいな、でも聞いていただいていいですか？」

響が恥ずかしさに頬を赤く染めながら言った。

「もちろんです！　どうぞ！」

諒太が促すと響が火照る頬を両手で押さえながら言った。

「実は……殿岡さんも私のことを思っていてくれて、感謝の言葉もつづられていました。あとは明輝ちゃんを頼むって」

「え……そ、それだけですか……？」

諒太が拍子抜けして言った。

「え、そうですけど……変ですか？」

がっかりしたように見える諒太の様子に響が心配そうに言う。

「い、いいえ、変ではないですけど……それだけかなと……」

諒太の声がだんだん小さくなる。

「え、ええ、あのそれだけです。あとは大きな文字で君と明輝の名前をつづりたいって……」

それを聞いた瞬間、諒太は〝がばっ〟と立ち上がった。

びっくりした響が声を上げる。

「きゃっ！　な、なに？」

「あ、す、すみません。急に用を思い出したもので……すみません」

諒太が拝むように両手を合わせて響に謝った。

「そ、そうなんですか。それは大変ですね。どうぞ私に構わず行ってください」

急用と聞いて響は諒太を促した。

「あ、ありがとうございます。それでは失礼します！」

諒太は走り出していた。

人気のない公園の隅でスマホを取り出す。

「あ、田中一郎です」

《なんだ、もう、名前はこだわらないのか？》

「そんな場合じゃないです！　わかりましたよ！」

田淵諒太こと田中一郎の興奮が上司にも伝わったようだ。

《なんだ、もしかするともしかするか？》

「はい、そうです！　わかりましたよ、パスワード！」

一郎がハイテンションでぶちあげた。

《そうか、よくやった。で、パスワードは？》

先を急ぐ上司を一郎が焦らした。

「それは俺が自分で入力します！　これから二課に行きますから、俺が自分で入力しますからね！」

それだけ言うと一郎はスマホの通話を切って自らが所属する警視庁捜査二課に向かった。

できるだけ急いで捜査二課に到着すると、そこには課の面々が待ち構えていた。

「え、二課の居室にこんなに人がいるのを見るのは初めてですよ！」

一郎がびっくりしていると、みんなが声をかけた。

「よくやった、一郎！」

「画面は開いてあるぞ！」

「もったいぶらずにさっさと入力しろ！」

その声に押されて一郎はパソコンの前に座った。

そこにはすでに《パスワードを入力してください》の画面が開いていた。

「用意いいですねー。それじゃ入力しますよ！」

そう言うと一郎はキーボードを叩いた。

「『大きな文字で君と明輝の名前をつづりたい』だから、大文字でＨＩＢＩＫＩＡＫＩと！」

すると見事ファイルが開き、捜査二課は大騒ぎになった。

「うおぉおー、やったぞー！」

「苦節一か月！　長かった……」

「うれしいなー。これでやっと逮捕できる！」

ひとしきりみんなで騒いだあと、上司の捜査二課長がその場を締めた。

「よし、開いたファイルを使って逮捕状を作成だ！」

捜査二課長が言うと全員「おー！」と叫んでパソコンにかじりついた。

その様子をしばらく見守っていた一郎が訊いた。

「あの、逮捕の時には俺も連れていってくれますよね？」

「うーん、そうだなあ、お前、この事件の全貌はわかっているか？」

先輩の高岡が確かめるように訊いた。

「わかっていますよ！　発端は二か月前に神羽大学附属病院の菅田（すがた）偉（すぐる）が不正な金を受け取っているというメールが届いたことですよね！」

そんなことぐらい知っていると言わんばかりに一郎が憤然とした表情で言った。

「うん、確かに」高岡がうなずく。

「で、調査したら、確かに頻繁に業者と会っていて怪しいが、決定的な証拠がない」と一郎。

「うんうん、それで？」高岡が促す。

「そのあと一か月前頃に、証拠の裏帳簿のファイルを見つけたからファイルのコピーを送るって連絡が来たんですよね」

「うん、そうだな」高岡が納得した。

「ところがそのあと待てど暮らせどメールが来ない」

「うんうん、確かに」高岡が首を縦に振った。

「で、発信者を調べたら東亜商事の殿岡正だったのでそこに俺を潜入させた、と」

「で、その間の殿岡の動きはわかっているか？」

「殿岡の娘の病気発覚がおそらく一か月前。その難病治療の権威が菅田だった。

仕方なく金をもらって失踪を装って神羽大学附属病院にかくまってもらったと」

「それだけか？」高岡が腕組みして訊く。

「殿岡は告発の方もあきらめきれず、ファイルを会社のＢＯＸに保存した」

「うん、まあまあな推理だな。殿岡が死んだ今それが正解かは永遠の謎だがな」

事件の概略をあらかたおさらいしたところで高岡が話を締めた。

「よし、検証は終わったな。あとは逮捕状作成！」

捜査二課長が言うと別の先輩の宮本が「あとひとつ！」と割って入った。

「なんだ？」

高岡がそう言うと「なぜ東亜商事の中村に菅田が裏帳簿の作成を頼んだかわかるか？」と宮本が疑問を呈した。

「それは……なんでだ？」

「それは、菅田と中村が親戚だからだ。母方のいとこ同士だ。それからもう一問。殿岡はどうやって中村が裏帳簿を作成しているのを知ったか？」

宮本が得意げに解説すると、もう一問出してきた。

「う～ん、なんでだ？」

高岡が渋い顔でうなった。

「それは中村が外部サーバーのレンタル費用をケチって、ファイルを東亜商事のサーバーに置いたからだ」

宮本が〝したり顔〟で言った。

「本当かよ？」

高岡が疑った。

「まあ、これは中村をしめあげれば解決する」

宮本が言うと、高岡がまたも疑問を呈した。

「それにしても社長が気づかないものかね？」

「それなー、確かにアヤシイよな。東亜商事、ウォッチリストに入れるか？」

宮本が言うと後輩の本沢が言った。

「東亜商事、もう、ウォッチリストに入れています」

「おっ、仕事早いね」

宮本が言ったところで捜査二課長が話を引き取った。

「東亜商事や中村なんて小物にかまってないで、大物からいくぞ！」

「おおーっ！」と捜査二課の面々はパソコンを前に座りなおした。

18

その翌日。

田中一郎こと田淵諒太は社長室にいた。

「貴重なお時間を割いていただき、ありがとうございます。当初の目的は達成しましたので退職させていただきます」

諒太がそう言うと「ごくろうさん！」と長嶋が言った。

「で、解雇ってことか？」

「いいえ、転職です」

諒太が訂正した。

「それでは私は去りますが、忠告させていただいてよろしいですか？」

「イヤ結構」

長嶋が、いかにも迷惑そうな顔をする。

「御社の存続にかかわる件ですが？」

諒太が、さも意味ありげに言う。

「なんのことだ！　証拠もないのにマスコミにリークする気か！」

長嶋が叫ぶと諒太が言い返した。

「写真週刊誌ではないんですから。真実のみですよ」

「し、真実？」

長嶋が少しひるんだ。

「とりあえず経理部長と営業部長の解雇を進言します。次期営業部長は松永さんを推薦します」

諒太の言葉に、長嶋が手のひらで机をたたいて言い放つ。

「お前ごときに人事の指図はうけない！」

「そうですか。それなら結構。会社が存続しなくても私には関係のないことです」

諒太が涼しげに言って去ろうとすると、長嶋が大声をあげた。

「待て！　それはどういうことだ？」

「最初に申し上げました。当初の目的は達成したと」

「まさか……ファイルが？」

長嶋の脳裏に最悪の事態が浮かんだ。

「私は忠告しましたよ。一週間以内の経理部長と営業部長の解雇をお勧めします」

最後にそれだけ言うと、諒太は社長室を後にした。

諒太が退室すると同時に長嶋は内線電話で秘書の素元を怒鳴りつけた。

「経理部長の中村と営業部長の河名を呼べ！　いますぐにだ！」

19

それから五日後。

警視庁捜査二課の面々と応援部隊は神羽大学附属病院の菅田の執務室にいた。

「菅田偉さん、あなたに逮捕状が出ています。罪状は……」

捜査二課長が取り出した逮捕状を読み上げると菅田は騒ぎ出した。

「私は神だぞ！　私に逮捕状など持ってくるな、下民が！　私は天から神の才能を与えられた人間だぞ！　私のおかげで何人命が助かったと思っている、この無礼者が！」

そんな菅田を田淵諒太こと田中一郎は冷ややかな目で見ていた。

「……ダメだ、こいつ」

口の中で呟くと、大量の書類を箱に詰め込む作業を始めた。

そして夕方。

神羽大学附属病院の菅田偉逮捕のニュースが日本全国に報道され、スマホでニュースをチェックしていた響も知るところとなった。

「え、うそ。この菅田先生って、明輝ちゃんの主治医……そんな、明輝ちゃんの治療はどうなるの！」

響は居ても立ってもいられず病院にかけつけた。

病院には多くの人だかりができていた。

響はなんとか人をかきわけて前の方に行った。

「あ、あの！　ここに入院している女の子の保護者なんですけど！　菅田先生の患者なんですけど！　これからうちの子どうなるんですか！」

警官に訊いても「はい、さがって、さがって！」と言われるだけだった。

「あ、あの！」

響がもう一度言おうとしたその時、どこからか声がした。

「すみません、それは私からご説明いたします」

響が声の方を見ると、白衣を着た初老の人物が立っていた。

「あ、あの……」

響が言いかけると初老の人物が答えた。

「あなたは特別室の患者さんの保護者の方ですね？　私は日下仁（くさかひとし）と申します。初めまして。菅田の患者さんは我々残った医師が責任をもって診療にあたります。特別室の患者さんは私の担当になると思います。患者さんの薬のレセプトは全部病院に残っていますから今までと同じ治療を受けられます。ご安心ください」

「あ、ありがとうございます！　ありがとうございます！」

響は額を床に擦りつけんばかりに頭を下げてお礼を言った。

「そんなことしないでください。菅田の暴走を止められなかった責任は私たちにもあります。どうかそんなことせずに……」

日下はそう言って響の頭を上げさせた。

「ありがとうございます」

最後に響はもう一度言って、その場を後にした。

20

その翌日。響は今日も公園のベンチで昼食のパンを食べていた。

「今日もパンですか？」

声のするほうを見上げると諒太がいた。

「ええ、大丈夫。このパンとてもおいしいんですよ。田淵さんも食べます？」

そう言うと響はパンの残りを二つに割って、その半分を諒太に差し出した。

「いえいえ、とんでもない！　響さんが午後腹減りますよ！」

諒太はそう言いながら響の隣に腰をおろした。

「ところで……コールセンターはどうですか」

諒太に訊かれた響は盛大にむせた。

「ごほっ、ごほん」

「す、すみません、唐突に変なこと訊きました。だ、大丈夫ですか？」

諒太は慌てて響の背中をとんとんとたたいた。

「ごほっ、あ、あの大丈夫です、もう大丈夫」

響は少し涙目になりながらも、咳の方はだいぶ落ち着いてきた。

「はあ、びっくりした……」

諒太がひと安心したところで、苦笑いしながら響が質問に答えた。

「コールセンターでは椅子に座っているのにも慣れてきました。椅子の座り心地もまあまあ良くなりましたし……」

「そうですか」

諒太が相槌をうつと、響は話を続けた。

「私、明輝ちゃんを養子にしようと思っているんです。だから今の会社に石にかじりつくようにしてしがみつかないと！　明輝ちゃんのためなら頑張れます！」

響の力強い宣言に諒太は少し安心した。

「そうですか、明輝ちゃんを養子に……よく決心されましたね」

「いいえ、私の方こそ明輝ちゃんが必要なんです。私がこれから生きるために」

「そうですか。わかりました。でも近いうちにいいことがあるかもしれませんよ」

響の決然とした言葉に、諒太が予言めいた発言をした。

「え？　どういうことですか？」

響がいぶかしげに訊き返す。

「まあ、そのうちです、そのうち」

響の質問に諒太は言葉を濁し、次の質問で話題を変えた。

「ところで今日は明輝ちゃんのところに行くのですか？」

「え？　ええ、今日は面会時間ぎりぎりには行こうと思っていますけれど……それが何か？」

なぜそんなことを訊くのだろう？　響はとまどいを感じた。

「そうですか。ではこれで。これから少し用事ありますので」

そう言うと諒太はベンチから立ち上がった。

「ああ、そうなんですか。お気をつけて」

響は残りのパンを頬張りながら言った。

「それでは」

諒太は公園を出ると、響から見えない場所まで来た。

「ちょっと念押ししておくか」

そう呟くとスマホを取り出した。

「ああ、もしもし、長嶋社長ですか？　田淵諒太です」

名乗った途端に長嶋の不機嫌な返事が返ってきた。

《なんだ、この電話は緊急用だ！》

「ええ、もちろん、緊急です」

諒太が冷静に答えた後、「部長二名は解雇しましたか？　後任の部長は決定されましたか？　これは親切で申し上げています。いつ真実がリークされるかわかりませんからね」と静かに言った。

《お前の指図など受けん！》

電話の向こうで長嶋が大声をあげた。

「ええ、もちろん指図などではありません。真実のリークはいつ発動するかわかりませんから老婆心で申し上げているだけです」

諒太がなだめるように言った。

《解雇はおこなった》

長嶋がしぶしぶ認めた。

「なるほど解雇はされた。良かったです。後任は？」

《お前に人事の口出しはさせんと言っただろう！》

長嶋の声が再び大きくなった。

「もちろん人事に口を挟んだりはしません、もちろん、もちろん」

諒太が低姿勢をよそおって言った。

《……経理部は私直轄とし部長は置かないこととした。営業部長は……松永にする。松永は優秀だと以前から思っていたからな！　お前の指図ではないぞ！》

長嶋も最後は怒鳴り声になっていた。

「松永さんはご優秀で目をかけていらした？　さすが社長、お目が高い！　誠に喜ばしいです。ありがとうございました」

諒太はスマホを持ったまま九十度のお辞儀をして通話を切った。

「これでよし……次は明輝ちゃんだな」

諒太はそのまま神羽大学附属病院へと向かった。

受付を通って特別室に入ると明輝は目を覚ましていた。

「あ！　おじちゃんだ！　こんにちは！」

諒太を見た明輝は嬉しそうに挨拶した。

「明輝ちゃん、こんにちは。おじさん、来たよ」

諒太も挨拶を返す。

「響お姉ちゃんも夕方から来るって言ってたよ」

「響お姉ちゃん、来てくれるんだ！　良かった！　でもパパが全然来てくれないの。どうしちゃったのかな……」

明輝が寂しそうな表情を浮かべた。

「うーん、お父さん、仕事が忙しいんじゃないかな」

諒太は口ではそう言いながら、内心ではあせっていた。

響さん、まだ明輝ちゃんに殿岡が亡くなったことは言ってないんだな。俺が余計なこと言ったら響さんに殺される……。

「そうなのかな？　明輝が良い子にしていたら、来てくれるかな？」

明輝が無垢な瞳で訊いた。

「う、うん、そうだね。ところで今日は明輝ちゃんにプレゼントを持ってきたよ」

諒太は必死に話題を変えた。

「プレゼント？　明輝に？　わあ、うれしいなあ。何を持ってきてくれたの？」

プレゼントの言葉に明輝が表情を輝かせた。

「明輝ちゃんが一番欲しいものだよ。なんだと思う？」

諒太がいたずらっぽく明輝に訊く。

「え？　明輝が一番欲しいもの？　なんだろう？　くまさんのぬいぐるみかな？」

明輝が一生懸命考えてひねりだした答えに諒太がおどけてみせる。

「ぶっぶー。残念違いましたー」

「ええー？　なんだろ、わかんない……」

困り顔の明輝の目の前に、諒太は何も持っていない両手を差し出した。

「どう？　明輝ちゃん、見て。おじさん、何も持ってないだろ？」

諒太は明輝に見えるように両手をひらひらさせた。

「うん、おじさん、何も持ってない。おじさん、もしかしてプレゼント落としちゃった？」

明輝が残念そうに言う。

「ぶっぶー。それじゃあ数を三つまで数えるよ。一、二、三！」

諒太が数を数えたとたん、その両手にスマホがあらわれた。

「あ！　ママのスマホ！　なくしちゃっていて捜してたの！　おじさん、どうしてわかったの？」

明輝が嬉しそうに叫んだ、

「ふっふー。おじさんはマジカルマンだからね。マジックだよ。それ、もう一回、一、二、三！」

諒太がもう一度数を数えると、スマホは明輝の手の中に移動していた。

「わあ！　ママのスマホだ！　おじさん、すごい！　ありがとう！」

喜ぶ明輝に諒太も笑顔がほころぶ。

「明輝ちゃんに喜んでもらえておじさんもうれしいよ。それからおじさん、スマホにもマジックかけておいたよ」

諒太がそう言うと、明輝がいろいろな角度からスマホをながめている。

「……どこにマジックかけてあるの？　わかんない……」

困惑している明輝に諒太がタネあかしをする。

「スマホの中にマジックが隠れているよ。一番上の一番左のボタン押してごらん」

諒太に言われるままにボタンを押すと、どこかからかリーンリーンと音が聞こえてきた。

「あれ？　なんか鳴ってる？」

明輝が不思議そうに言うと、諒太がズボンのポケットからスマホを取り出す。

「ほら、おじさんのスマホにつながるよ」

そう言うと諒太は自分のスマホに出た。

《もしもし、明輝ちゃん？》

《もしもし、おじちゃん、明輝だよ》

明輝がそこまで言うと諒太はスマホを切った。

「ね、マジックがかかっていたでしょ？」

諒太がニコニコ笑いながら明輝に言った。

「うん、すごいね！　響お姉ちゃんに自慢しよう」

それを聞いた諒太が慌てて言った。

「だめだめ！　これは俺と……おじちゃんと明輝ちゃんだけの秘密だよ！」

「え？　どうしてだめなの？」

明輝が不思議そうに訊き返す。

「それはね、そのスマホを見ると響お姉ちゃんが悲しくなっちゃうからだよ。だから響お姉ちゃんがそのスマホを見るとマジックが解けて、おじちゃんの電話につながらなくなっちゃうよ。だから響お姉ちゃんには内緒だよ。今はマジックをかけてそのスマホがつながるようにしてあるけど、響お姉ちゃんにわかっちゃうとマジックがとけちゃうからね！　絶対に響お姉ちゃんには内緒だからね！」

諒太は懸命に説得した。

「響お姉ちゃんが悲しくなって、マジックがとけちゃうんだね。うん、わかった、明輝、響お姉ちゃんにはスマホのこと内緒にしてる」

明輝が力強く言うと、諒太はホッとしながらも、さらに念押しした。

「うん、絶対に約束だからね」

「うん、絶対に約束」

明輝も真剣に言った。

「よかった、じゃあこれでおじさん帰るね」

諒太はそう言って、自分のスマホをズボンのポケットにしまった。

「うん、じゃあね。おじさん、ばいばい。また来てくれる？」

明輝の質問に、諒太が少し寂しそうに答えた。

「う～ん。また来るのは難しいかも。でも最高に困った時には電話してくれればつながるから。最高に困った時は、ね。その電話のボタンは三回しか使えないから、最高に困った時だけ使ってね。三回使うとマジックとけちゃうから。でも、その時は必ずつながるから。おじさんはマジカルマンだからね」

「え、三回しかつながらないの？　わかった、最高に困った時だけ使う。三回だけ、ね」

明輝は一生懸命に返事した。

「うん、頼んだよ。じゃあね、明輝ちゃん、早く良くなってね」

諒太はそう言うと病室を後にした。

21

その頃、社長に呼ばれた響は社長室の扉をノックした。

「松永響です。失礼いたします」

「入りなさい」

内側から声がしたので響は「失礼いたします」と言ってドアを開けた。

するとそこには社長の長嶋以外に人事部長の境もいた。

それを見て、響の心臓は早鐘のように鳴った。

(ま、まさか……解雇?)

青ざめる響を見ながら長嶋が言った。

「あんた、明日から営業部長をしなさい」

「え……？」

あまりに意外な言葉に、響は一瞬何を言われたのかわからずフリーズした。

「あんた、耳が悪いのか？　私の言うことが聞こえていないのか？　やる気があるのかないのか、どっちなんだ？　私は忙しいんだよ！」

長嶋がいらいらと言い募ると、見かねた境が口添えした。

「松永さん、明日付で河名部長が解雇されるので後任を君に打診しているんだよ。どうするかね？」

「え、営業部長？　わ、私が、ですか？　私でよろしいのでしょうか？」

頭がクラクラするのを感じながら、響はなんとか返事した。

「なんだかやる気がなさそうな返事だねえ。やる気があるのか⁉」

長嶋が喝を入れた。

その時、ようやく事態を飲み込んだ響は直立不動で叫んだ。

「は、はい！　営業部長、謹んで拝命いたします！　誠心誠意努めます！　どうぞよろしくお願いします！」

「そうそう、最初からそう言えばいいんだよ」長嶋が満足そうに言い、「用件はそれだけだ。もういいよ」と続けた。

「は、はい！　お忙しいところお時間いただきありがとうございました！」と言って直角にお辞儀をした響は、社長室を出る前に振り返り、「失礼いたします！」と言って扉を閉めた。

響を見送ると長嶋は「あんなので大丈夫かね」と言ってフンと鼻を鳴らした。

「営業課長としては優秀でした。なによりクリーンです」と境がとりなす。

「ふん。営業課長として優秀だったのは私も知っている。部長が務まるかどうだかね。まあ、務まらなかったらすげかえればいいし……」

「おっしゃる通りです。今はクリーンさが一番大事かと」

「あんまりクリーンでも部長なんて務まらないけどね。まあ、やらせてみよう」

「おっしゃる通りです」長嶋に同調した境が続けて言った。「経理部の中村の共犯の女性経理部員も解雇といたしました。よろしいでしょうか」

それを聞いた長嶋が途端に不機嫌になった。

「そんな些末なことは人事部長のあんたの仕事だろ。いちいち私に報告しなくてよろしい！」

「恐れ入ります。まことに申し訳ありません」

長嶋の逆鱗に触れた境が九十度に腰を曲げて最敬礼した。

「私は忙しい。あんたにもう用はないよ」長嶋がそう言うと境も「恐れ入ります、それでは失礼させていただきます」と言って社長室を出ていった。

エピローグ

「たいへんたいへん！　きいてきいてきいて！」

初音がまたまた休憩時間の休憩ルームに慌てた様子で飛び込んできた。

「また出たよ」

みどりが、うんざりした顔で言った。

「まあ、でも、前回は本当にたいへんだったから」

とりなすように敏信が言った。

「まあ、前回はほんっとーにたいへんだったからねえ……まあ、言ってみなよ」

みどりも初音を促した。

「そ、それが……いっぱいありすぎてどれから話せばいいのか……」

初音が混乱している。

「なによ、いっぱいありすぎて……全部大したことないんじゃないでしょうね！」

みどりが疑り深そうに言う。

「本当に、全部たいへんなニュースなんだってば！」

初音が必死に言い返す。

「わかったよー。ひとつずつ順番に、ね」

敏信が初音をなだめた。

「じゃあ、まず殿岡部長のことから。テレビのニュース見た？」と初音が訊く。

「私は動画サイトか配信動画派だから」とみどり。

「僕はゲームばっかりだから」と敏信。

「やっぱりねえ。会社中で噂になっているのに、二人だけ知らないってことよくあるもんね」初音が納得したように言う。

「な、なによ、私だってネットニュースならたまに見るわよ！」

「ぼ、僕だって！」

みどりと敏信が口々に言うのを制して初音が言った。

「ああ、わかった、わかった。そんなことより殿岡部長よ！　殿岡部長、自殺したって！」

初音が最初の爆弾を投下した。

「えええええっ！　うそでしょ！」みどりが叫ぶ。

「そんな……信じられない！」敏信も驚きを隠せない。

「いったい、なんで？　やっぱり会社のお金を横領したから？」憶測でものを言うみどりに、初音がより強力な爆弾を投げつける。「ちがう違う。なんだか自分の娘さんを殺そうとした看護師の首をしめて殺そうとしたとかで……」

「えええええええっ！　そんなあの穏やかな殿岡部長が？」みどりが絶叫した。

「し、信じられない……」敏信も茫然自失の体である。

「テレビのニュースでやっていたから、会社の人、ほぼほぼ知っているわよ」

あきれ顔の初音が「それから次のニュース……」と続けようとしたが、みどりは「もう、いいよ、おなかいっぱい」と言って、手でこめかみをぐりぐりした。

「ぼ、ぼくも……」敏信も、もう聞きたくないという表情だ。

「次は良いニュースだから！」

げんなりした様子の二人を励ますため、初音が次なる爆弾を投下した。

「じゃあ、次のニュース！　経理部の中村部長と営業部の氷男がクビだって！」

「えええええっ！　それはうれしい、めでたい！」歓喜のあまりみどりが叫ぶ。

「そ、そんな素晴らしいニュースが！」敏信も喜びの声を上げた。

「でも、なんでヒョットコ男の中村と氷男がクビになったの？」とみどりが訊く。

「それが、会社のお金を横領していたのが実は二人で、殿岡部長と響さんに罪をなすりつけたらしいよ！」と激おこの初音。

「なにそれ、許せん！　ヒョットコ男と氷男め！」みどりも怒りに震えて叫んだ。

「ほんとに許せねえ！」敏信も握った拳を震わせた。

「でも、どうしてわかったの？」みどりが詳しい説明を求めた。

「それが、ファイルがどうだとかって……そこはよくわからなくて……」

　初音が言いよどむと敏信が得意げに口を挟んだ。

「そのファイル知っている！　諒太さんが追っていたやつだ！　まあ、僕がファイル見つけたんだけどね！」

「え、なにそれ？」

「聞いてないよ、敏信！」

　初音とみどりが口々に問いただした。

「それは諒太さんに口止めされていたから……僕はファイルを見つけただけだし、中身はパスワードがないと見られなかった……諒太さんがパスワード見つけるって言っていたけど、それで横領の真相がわかったのかな？」

敏信がそう言うと、初音が悲しそうな顔でぽつりと言った。

「それで、諒太さん、会社辞めたのかな……」

「ええっ、マジカルマン、もう会社辞めたの！　来たばっかりなのに」とみどりが言うと、「え、聞いてない、聞いてないっすよ！」と敏信が叫んだ。

「マジカルマンも会社辞めたの？　どうして知っているのよ」

みどりが初音を鋭く問いつめた。

「会社のメールアドレスからメールがきたの。転職することになったって。お世話になりましたって書いてあった。あと二人によろしく伝えてくれって。歓迎会ありがとうって。そうそう、特に敏信にはファイルありがとうって書いてあった。私はなんのことかわからなかったけど……敏信には感謝しているって」

それを聞いた敏信が「なんで僕にもメールくれなかったのかなあ。諒太さん、水臭いよ……」と落ち込んだ。

「でもまだ、とっておきのすごいニュースがあるのよ！」初音が明るく言った。

「え、まだあるの。ちょっと頭がついていかない……」

みどりが珍しく弱音を吐き、「僕も……」と敏信もへこんだままである。

「今度はとびっきりの良いニュースだから！　次の営業部長、誰だと思う？」

初音が目をキラキラさせながら質問する。

「知らないわよ、どーせ、ヘナチョコが来るんでしょ」

「今は考えられないっすよ……」

みどりも敏信も投げやりでやる気がない。

「じゃーん！　なんと！　次の営業部長は響さんでーーす！！！」

ファンファーレつきで初音が二人に宣言した。

「えええええ！　響さん、戻ってくるの！　冤罪晴れたもんね！　響さん、仕事できるし、うれしいいいいいい！」

一気にハイテンションになったみどりが叫んだ。

「やった――っ。響さんが部長なら営業部も持ち直すよ！　氷男が部長の間、顧客がどんどん離れそうだったもん！　響さんなら信頼を取り戻してくれるよ！」

敏信も狂喜乱舞である。

「それにしても、あんた社内情報早すぎ。どっから仕入れてくるのよ？」

「それは企業秘密です」

みどりの鋭い質問に、初音はツンと澄ましてとぼけた。

（社長秘書の素元さんと内緒でつきあっている経理の心愛から聞いたとは言えないしね。そんなこと言っちゃったらもう情報もらえなくなるからね）

初音は心の中で呟いた。

「う〜ん？　アヤシイ……」

そんな初音を、みどりが疑いのまなこで見ている。

「そんなことどうでもいいよ！　それより響さんの歓迎会しないと！」

敏信が提案した。

「そうよね！」

「よく言った、敏信！」

初音とみどりが、めずらしく敏信に賛同する。

「これから営業部はどんどん伸びるぞー！」

敏信が気炎を上げた。

「よーし、まずは歓迎会だー！」

みどりも同調する。

「そうよね、ちょっと奮発したお店にする？」

初音もこれからの営業部を思い浮かべてうきうきしている。

三人は意気揚々と営業部室へ向かった。

著者プロフィール
津田 幸子（つだ ゆきこ）
神奈川県横浜市生まれ
フェリス女学院短期大学家政科を卒業後、企業図書館に勤務。
著書に『恋は突然に』（2009年）、『プロポーズは早急に』（2010年）、『母、リニューアル』（2012年）、『彼女の事情』（2015年）、『恋愛3 STEP』（2018年）、『Lost Love Insurance～LLI 失恋保険～』（2020年）、『Reiwa Corp. 勃興記　～vs. 昭和産業、テレワーク奮闘記』（2022年、いずれも文芸社）がある。

カバーイラスト：はちょ
協力：株式会社ラポール　イラストレーション事業部

マジカルマン

2024年1月15日　初版第1刷発行

著　者　津田 幸子
発行者　瓜谷 綱延
発行所　株式会社文芸社
〒160-0022　東京都新宿区新宿1－10－1
電話　03-5369-3060（代表）
03-5369-2299（販売）

印刷所　株式会社フクイン

ISBN978-4-286-24776-2